मौत बुलाती है

युवान बुक्स

अनबाउंड स्क्रिप्ट का उपक्रम

मौत बुलाती है : सत्य व्यास

प्रथम संस्करण : दिसम्बर, 2024

ISBN : 978-93-48497-00-0

प्रकाशक : अनबाउंड स्क्रिप्ट
2/41, अंसारी रोड,
दरियागंज, दिल्ली - 110002
वेबसाइट : **www.unboundscript.com**
ई-मेल : **books@unboundscript.com**
फोन : **011-35807601**

MAUT BULATI HAI
Written *by* Satya Vyas

मुद्रक : यश प्रिंटोग्राफ़िक्स, नोएडा, उ.प्र.

मूल्य : ₹ 249/-

सत्य व्यास

मौत बुलाती है

एक गोली एक चीख

इंस्पेक्टर नकुल वर्मा के सिर का दर्द अचानक बढ़ गया था। उसने अपनी आँखें बंद कीं और कॉफ़ी की एक घूँट के साथ दवा गटक ली। कॉफ़ी थोड़ी गर्म ज़्यादा थी लेकिन फिर भी अच्छी थी। उसने ख़ुद बनाया था और यह बिल्कुल वैसा ही थी जैसी उसे पसंद थी– कड़वी। दो मिनट तक कॉफ़ी उबाली और फिर आधा दूध डाला। जब उसने कॉफ़ी के साथ दवा को गले के भीतर उतारा तो उसे लगा कि हर मांसपेशी शिथिल हो गयी है, हर तनाव उसके सिर से बाहर निकल गया है। ऐसा लगा जैसे उसने फिर से साँस लेना सीख लिया है, और उसने मग को अपने होठों से सटाया और उस अनोखी खुशबू को एक घूँट में भरता हुआ बड़बड़ाया –

उदास रात में तेज़ कॉफ़ी की तल्खियों में
वो कुछ ज़्यादा ही याद आता है सर्दियों में

वाह वाह वाह वाह की इकलौती आवाज़ जब उसके कानों में पड़ी तो उसे आभास हुआ कि वह पुलिस स्टेशन में हैं और उसकी ड्यूटी अभी ख़त्म नहीं हुई है।

कॉफ़ी का कप उठाने आये अर्दली की वाहवाही से इंस्पेक्टर नकुल थोड़ा झेंप-सा गया। उसने फ़ौरन दीवार घड़ी की ओर देखा।

शाम के आठ बज रहे थे। उसकी शिफ्ट ख़त्म होने में अभी दो घंटे बाक़ी थे लेकिन उसने पुलिस डायरी भरनी शुरू कर दी। पुलिस डायरी भरना यूँ भी एक लंबा और थकाऊ काम है। इसलिए अगले रिलीवर के आने से पहले सारी बातें डायरी में दर्ज करना और फिर उसे समझाने में भी वक़्त लगता ही है। इसी कारण उसने डायरी भरने में अपना ध्यान लगाया। वो अभी डायरी

भर ही रहा था कि उसका मोबाईल बज उठा। मोबाईल की आवाज़ ने उसे खीझ से भर दिया। उसने लगभग झल्लाते हुए फोन उठाया-

'हैलो?'

'हैलो... हैलो! इंस्पेक्टर साहब...' दूसरी ओर से एक डरी सहमी-सी आवाज़ आयी। वो आदमी अपनी बात पूरी करता इससे पहले ही नकुल ने रांग नंबर कहकर फोन काट दिया और बड़बड़ाया,

“साले... फोन करते वक़्त वैलिडेट करते हैं? अबे इंस्पेक्टर को फोन किया है तो इंस्पेक्टर ही बोलेगा, फिर पूछना क्या!”

नकुल अभी झल्लाहट उतार ही रहा था कि उसका फोन दोबारा बज उठा-

"इंस्पेक्टर साहब, फोन मत काटिएगा। मेरी जान ख़तरे में है!” दूसरी ओर से आयी सहमी-सी आवाज़ नकुल को फोन काटने से तो रोक दिया मगर झल्लाने से नहीं रोक पायी। उसी झल्लाहट की सूरत उसने अपनी बात कही-

“थाने के लैंडलाइन पर फोन करो। मेरी ड्यूटी ख़त्म हो गयी है।”

“साहब... कब से ट्राई कर रहा हूँ। डॉयल 100 पर कोई फोन उठाता ही नहीं है। मेरे पास बस आप ही का नंबर था।” सहमी हुई आवाज़ अब लगभग फुसफुसाहट में बदल गयी थी। नकुल के लिए यह रोज़मर्रा की बात थी इसलिए उसकी झल्लाहट अब भी बरक़रार ही थी। नकुल ने फिर बेमतलब सवाल किया।

“तुम्हें मेरा मोबाईल नंबर कहाँ से मिला? नाम... नाम क्या है तुम्हारा...” मगर नकुल कुछ और पूछता उससे पहले ही दूसरी तरफ से फोन फिर कट गया।

नकुल समझ गया कि ऐसी सूरत में केवल दो बात हो सकती है- या तो आदमी वाकई किसी ख़तरे में है या फिर उसे ट्रैप करने की कोई साजिश है। फोन नंबर सेव करते हुए वह ये सब सोच ही रहा था तभी उसके मोबाईल के मैसेज बॉक्स में एक मैसेज आ टपका। वो एक एड्रेस था, जिसे काफी हड़बड़ी में लिखा गया था। नकुल ने गलत-सही लिखे शब्दों को जोड़कर जो पता बनाया वो था-

क्रिश्चियन सेमेट्री के बाएँ...

ऐसे आधे-अधूरे पते पर एक बार फिर झल्लाते हुए नकुल उठ खड़ा हुआ और बुदबुदाया-

“साले, आधी बात करके फोन काट देते हैं...”

डायरी ख़त्म करने की कवायद ही अब ख़त्म हो चुकी थी। उसे अब इस पते पर जाना ही था। उसने डायरी में लिखा- ऑफ टू इमरजेंसी ड्यूटी। फिर तेज़ी से मोटरसाइकिल स्टार्ट की और थाने से बाहर निकल गया।

मोटरसाइकिल तेज़ रफ्तार में क्रिश्चियन क़ब्रिस्तान की ओर दौड़ रही थी।

दूसरी ओर ...

फोन कटा नहीं था। नकुल को फोन करने वाले इंसान ने फोन एहतियातन काट दिया था। उसका नाम बलजीत था। बलजीत को थ्रिलर और स्लैशर फिल्में देखने का बहुत चाव था। किसी जंगल या किसी तहखाने में जब फिल्मों के किरदार फँस जाते और क़ातिल उनके पीछे लगा रहता तो रोमांच में बलजीत अपने नाखूनों से जुड़े मांस तक नोच लेता था। मगर उसे अपने किसी डरावने सपने में भी यह अंदाज़ा नहीं था कि उसे अपनी वास्तविक ज़िन्दगी में भी इस तरह की किसी स्थिति का सामना करना पड़ जाएगा। आज वह शिकार था और झाड़ियों के उस पार उसे खोजता हुआ एक साया उसका शिकारी।

क्रिश्चियन क़ब्रिस्तान के पीछे बजबजाते नाले के पीछे की झाड़ियों में छिपा वह अपने साँसों की आवाज़ दबाने की भरसक कोशिश में था और फोन पर धीरे-धीरे मैसेज टाइप कर रहा था। वह मैसेज भेजकर अभी फोन बंद करने ही वाला था कि तभी फोन की घंटी बज उठी। बलजीत सिहर गया। वो जल्दबाजी में फोन साइलेंट करना भूल गया था।

फोन बलजीत की बीवी ने उसकी सलमाती जानने के लिए किया था लेकिन फोन बजा और बलजीत के क़ातिल को उसकी लोकेशन मिल गयी। बलजीत ने हड़बड़ी में फोन काट दिया। पर जो पहला मंजर उसने देखा वह खून जमा देने वाला था। एक साया उसके सामने बंदूक ताने खड़ा था। सूखे हलक से बलजीत बस इतना ही बोल पाया-

"देखो... वो लिंक तो मैंने तुम्हें दे ही दिया है। अब तुम मुझे...।"

बलजीत अपनी बात पूरी कर पाता इससे पहले ही एक आवाज़ हुई और आगे के शब्द उसके हलक में ही अटक कर रह गए। वह बस इतना महसूस कर पाया कि गोली की आवाज़ फिल्मों में सुनाई देने वाली "धाँय" की तरह न होकर पटाखे के "फटाक" की तरह होती है। उसने यह भी महसूस किया कि सुनसान जगहों पर आने का एक नुकसान यह भी होता है कि गोली जैसी आवाज़ सुनने के लिए परिंदे भी नहीं होते। बलजीत कुछ भी महसूस कर पाने से महरूम हो गया। पहली गोली ने उसकी एक आँख के साथ-साथ खोपड़ी भी खोल दी। वह पीठ के बल गिर पड़ा।

गोली चलाने के एक मिनट बाद तक उस साये ने इंतज़ार किया और जब उसके शरीर में कोई हलचल नहीं दिखी, तो उसके पास आ गया। फिर पूरी तरह निश्चिंत होने के लिए उसने बलजीत के सीने पर एक गोली और दाग दी। गोली छाती से आरपार हो गयी और खून भलभला उठा। काले रेनकोट से सिर से पाँव तक ढंके उस साये ने झुककर बलजीत की साँस चेक की। और जब उसे इस बात का इत्मीनान हो गया कि वह मर चुका है, तो अपने दस्ताने वाले हाथों से उसका मोबाईल निकाला और फौरन स्विच ऑफ कर दिया। उस साये को बलजीत के बटुए और पैसों में कोई दिलचस्पी नहीं थी। मोबाईल अपनी जेब में रखने के बाद साये ने बलजीत की लाश को पाँव से खींचना शुरू किया।

बलजीत की लाश को पाँव से खींचते वक़्त उस साये को दो बातें नयी मालूम हुईं। पहली यह कि जिंदा आदमी की तुलना में मुर्दे को खींचना ज़्यादा

मुश्किल होता है। दूसरी यह कि गीली मिट्टी में यह काम और मुश्किल होता है। लाश को एक ख़ास जगह तक ले जाने के बीच में वह साया तीन दफ़ा रुका। वो लाश को छोड़कर कमर पर हाथ रखकर एक-दो मिनट सुस्ताया, फिर खींचकर उस जगह तक लाया, जिसे उसने बलजीत के लिए तय कर रखा था। बलजीत कि क़ब्र पहले ही खोदी जा चुकी थी। ज़ाहिर था कि यह मर्डर प्री-प्लान्ड था।

साये को अब बलजीत की लाश को घसीटकर क़ब्र में डाल देना था, लेकिन यह काम भी उसके लिए मुश्किल का सबब बना हुआ था। उसकी वजह ये थी कि हाथ के दस्ताने ठीक से पकड़ नहीं बना पा रहे थे। मगर साया अपने हाथ से दस्ताने उतार दे, इतना मूर्ख तो क़तई नहीं था। उसने काफी मशक्कत से बलजीत के मुर्दा जिस्म को क़ब्र में डाला। इसके बाद उसने अपनी जेब से एक धारदार चाकू निकाला और रेतते हुए बलजीत का एक हाथ कोहनी पर से काट डाला। मुर्दा जिस्म से एक बार फिर खून भलभला उठा। साया कोई मौका नहीं देना चाहता था।

उसने फावड़े से क़ब्र पर मिट्टी डालकर बराबर कर दिया। इस बीच बारिश भी थम चुकी थी। साये ने एक पेड़ की आड़ में अपना रेनकोट उतारकर झाड़ा और उसे उलट कर पहन लिया। उलटकर पहना गया रेनकोट पूरी तरह सूखा था। इसके बाद साया सधे हुए कदमों से पास ही खड़ी कार तक पहुँचा और पूरी सावधानी से टेढ़े होकर ड्राइविंग सीट पर कुछ यूँ बैठा कि उसके पैर अब भी कार से बाहर ही थे। साये ने रेनकोट की पॉकेट से दो पॉलीथीन बैग निकाले और उसे अपने जूतों के ऊपर पहन लिए। इसके बाद उसने पाँव कार के अंदर किए। अब वह पूरी तरह से सूखा था। उसने हाथ में भी वैसे ही प्लॉस्टिक वाले दस्ताने पहने और बलजीत की कार स्टार्ट की। फिर कार क़ब्र पर पांच-छह दफा इस तरह दौड़ाई कि फावड़े से ख़ुदी मिट्टी बराबर बैठ जाए। कार को आधा ही काम करना था। बाक़ी का आधा काम बारिश और गीली मिट्टी पहले ही कर चुकी थी।

गाड़ी थोड़ी आगे बढ़ाने के बाद साये ने साइड मिरर से क़ब्र का हाल देखा और जब निश्चिंत हो गया तो मुस्कुराते हुए आगे की ओर बढ़ गया।

कार चलाते हुए ही उसने बलजीत का मोबाईल ऑन किया। उसे कॉल हिस्ट्री देखनी थी। उसने देखा पिछले तीन घंटे में जो चार कॉल थे- वह बत्रा साहब, विद्या और एक अननोन नंबर का था। दरअसल, यह चौथा कॉल इंस्पेक्टर नकुल का था। साये ने बलजीत का फोन बंद कर दिया और पिछला पैनल खोलकर उसकी बैटरी निकाल ली। बैटरी को उसने पास ही बजबजाते नाले की ओर उछाल दिया। इसके बाद सिम निकालकर उसे दांतों तले रख लिया। वह सिम को तब तक दांतों से चबाता रहा जबतक सिम का चूरा नहीं बन गया। फिर उसने उस चूरे को हलक के नीचे उतार लिया। इसके बाद उसने मोबाईल को भी बहते नाले के सुपुर्द कर दिया और गाड़ी आगे बढ़ा दी।

कच्ची और सुनसान सड़क पार करने के बाद जब गाड़ी मेन रोड पर आयी तो भी साये ने गाड़ी को लगभग दस किलोमीटर तक वीरान और शहर के बाहरी हिस्से की ओर दौड़ाया और फिर एक जगह कार रोक दी। कार जहाँ रुकी, वो एक बड़ा-सा कार गराज था, जहाँ कबाड़ की कारों का अम्बार लगा था और जहाँ सेकेंड हैंड कारें भी मिलती थीं। साये ने बलजीत की गाड़ी भी उनके साथ यूँ लगा दी जैसे कि बिकने के लिए लाइन में लगी हो। रात के सन्नाटे की ख़ासियत होती है कि उसमें कई अपराध छुप जाते हैं, लिहाज़ा ये भी छुप गया। साया चुपचाप उतरा। उसने कार के स्टियरिंग, सीट, गियर, शीशे, हेड रेस्ट इत्यादि पर कुछ मला और फिर निश्चिंत होकर उस गराज-कम-सेकेंड हैंड कार सेलिंग पॉइंट से लंबे-लंबे डग भरते हुए निकल आया।

उधर इंस्पेक्टर नकुल क्रिश्चियन क़ब्रिस्तान पहुँच चुका था। गाड़ी चलाते वक़्त भी उसने दो दफा बलजीत के नंबर पर ट्राई किया था लेकिन उसके फोन को न लगना था, न लगा।

नकुल ने सन्नाटे में आवाज़ दी।

"मैं आ गया हूँ। बाहर आ जाओ!..."

थोड़ा रुककर ही उसने दोबारा आवाज़ दी-

"कोई है? Any body needs help?"

लेकिन उसे कोई जवाब नहीं मिला। जिसे उसके मदद की दरकार थी, वह तो जमींदोज़ था और अब उसकी कोई मदद की भी नहीं जा सकती थी। नकुल भुनभुनाया-

"साले, पुलिस से मंज़ाक करते हैं। यही हाल रहा तो कल को कोई मदद को भी नहीं आएगा।"

उसने गाड़ी स्टार्ट की और वापस लौट चला। बारिश के पानी से उसके सिर में तेज़ दर्द शुरू हो गया था।

थोड़ी ही देर में नकुल उस क्रिस्तानी क़ब्रिस्तान से और उस लाश से दूर जा चुका था। स्टेशन जाने का कोई फ़ायदा नहीं था। इसलिए वह अपने घर की तरफ बढ़ गया।

घर पहुँचने पर नकुल ने गर्म पानी की भाप ली और अपने गुस्से पर क़ाबू पाने की कोशिश करने लगा। डॉक्टर के मुताबिक ज़्यादा गुस्सा करना उसकी मौत को उसके और करीब ला सकता था। एक ऐसी मौत जो हर घटती घड़ी के साथ नज़दीक आती जा रही थी। इस बाबत वह जितना सोचता उसका सरदर्द उतना ही बढ़ता। इसीलिए उसने घर पहुँचते ही उसने आधे गिलास पानी में एस्पिरिन की दो गोलियाँ घोलीं और पीकर बिस्तर पर लेट गया। लेटते ही उसे नींद आ गयी। उसका पूरा दिन आज ख़राब ही बीता था।

मगर आज उसका दिन ही नहीं रात भी ख़राब थी।

दरवाजे पर लगातार की दस्तक से उसकी नींद खुल गयी। ऐसा महसूस हो रहा था जैसे किसी को बहुत जल्दी हो। आधी नींद में ही वह झुँझलाकर उठा और दरवाज़ा खोल दिया। सामने सब इंस्पेक्टर अनिल दीवान था जो अपनी नाइट शिफ्ट के लिए निकल ही रहा था। दरवाज़ा खुलते ही अनिल भीतर घुस आया और बेहूदगी से खींसें निपोरते हुए बोला -

“सर! चिप्स लाया हूँ!”

“कभी बोतल भी लाया कर!” नकुल ने अपनी हथेली से अपना ही सिर दबाते हुए कहा। दर्द अब भी अपनी जगह काबिज़ था।

“क्या सर! अब आप भी ताने देंगे! आप जानते तो हो सर, हमारे एरिया में जो दुकानें पड़ती हैं वहाँ से कैरेट और कैश सीधा बड़े साहब को जाता है। दारू वाला हमें पत्ता न दे, बोतल तो भारी चीज़ है।”

“मतलब तू खरीद भी नहीं सकता?” नकुल ने मुस्कुराते हुए मगर हैरतज़दा होकर पूछा।

“तौबा बोलो सर! ऐसे पाप के काम सैलरी के पैसे से कौन करता है? आप तो बस ग्लास निकालो और ये बताओ कि आप यूँ डूबे-डूबे क्यों लग रहे हो। कल फिर देर तक शिफ्ट बजायी क्या?”

“नहीं बे! किसी ने फिरकी ले ली।”

“मतलब?”

“एक SOS कॉल आया था!”

“और आप दौड़ गए होंगे इतनी रात गए?”

“किसी की जान को खतरा था। तो क्या करता.. उसे मरने को छोड़ देता?”

“और आपकी जान को! सर आपके स्पाइनल कॉर्ड में जख्म है और वो भी जानलेवा। ज़हर फैलता जा रहा है। डॉक्टर कहते हैं कि जितनी जल्दी ऑपरेशन हो उतना बेहतर। यह सब जानने के बावजूद आप इस बारिश में निकल गए?”

“क्या करूँ! नहीं निकलने पर भी डिपार्टमेंट ऑपरेशन के लिए 50 लाख देने से रहा।” नकुल गुस्से में यह बात कहते हुए थोड़ा ठहरा और फिर बोलना जारी रखा-

“मेरी तो बचने से रही... शायद किसी और की जान बच जाए।”

“तो बची जान!” अनिल ने चिप्स का पैकेट खोलते हुए पूछा।

“नहीं! शायद प्रैंक कॉल था।”

“मैं कुछ समझा नहीं। शुरू से बताएँ।”

“शुरू से बताने लायक कुछ नहीं है। कल रात एक कॉल आयी। कॉल करने वाले ने कहा कि उसकी जान को खतरा है, फिर फोन कट गया। एक मैसेज आया कि क्रिश्चियन क़ब्रिस्तान के बाएँ चले आओ। मैं वहाँ चला गया। वहाँ मरघट के सुनसान के अलावा कुछ भी नहीं था।”

“फोन करने वाले का नाम क्या था!”

“नाम तो पता नहीं!”

“और बिना नाम पता किए दौड़ गए सर आप! कमाल हैं? नंबर तो सेव किया होगा।” अनिल ने पूछा। नकुल ने अपनी मोबाईल की कॉल लिस्ट जाँची और फिर नंबर अनिल को बता दिया।

अनिल ने नंबर किसी मोबाईल एप पर चेक किया फिर मुस्कुराते हुए बोला,

“ये तो किसी 'दिलबर जानी' का नंबर है।”

“मतलब?” नकुल ने हैरत से पूछा।

"मतलब ये कि इसी फर्जी नाम से नंबर सेव है। या तो इसके किसी चाहने वाले या चाहने वाली ने अपने मोबाईल में ये नाम सेव किया होगा, इसलिए मुझे भी यही नंबर दिखा रहा है। कोई दिक़्क़त नहीं। कल निकलवाता हूँ नंबर। अब तो दारू पिलाइये। इतनी देर से आपकी कहानी सुनने के पीछे दूसरा कोई कारण नहीं है।"

"शराब नहीं है, बीयर चलेगी?"

"सर, इस वक़्त जो माहौल बना है न कि ठर्रा, रसीली, चमेली सब चलेगी।"

उसकी बात सुनकर मुस्कुराते हुए नकुल अभी फ्रिज की ओर बढ़ा ही था कि टेलीफोन की घंटी बज उठी। नकुल चूँकि दूर था इसलिए इशारे से अनिल को ही फोन उठाने को कह दिया। अनिल ने फोन उठाया और बोला-

"हैलो!"

"सर जी... इंस्पेक्टर साहब बोल रहे हैं?" दूसरी ओर से आवाज़ आयी।

"हाँ! कहो।"

"नकुल साहब!"

"काम बोलो।" अनिल ने खीझभरी आवाज़ में कहा।

"सर जी! क्रिश्चियन क़ब्रिस्तान से बोल रहा हूँ। यहाँ एक लाश मिली है।"

"लाश!"

"जी सर!"

क्रिश्चियन क़ब्रिस्तान का नाम सुनकर अनिल फोन करने वाले पर भड़क गया।

"बेटे ये जो तू चोर-सिपाही खेल रहा है न... हत्थे चढ़ गया तो डंडे पर बैठा दूँगा साले।"

"सर जी, मैं क़ब्रिस्तान का अटेंडेंट ही बोल रहा हूँ। मेरा नाम रसेल है। आप प्लीज जल्दी आ जाइए।"

अनिल अभी कुछ समझ पाता उससे पहले ही फोन कट गया। अनिल अब वाकई गंभीर था।

“सर, लगता है वाकई कुछ हुआ है।”

नकुल जो अभी बोतल खोल ही रहा था, रुक गया।

“क्या हुआ?"

“सर! उसी क्रिश्चियन सेमेट्री के अटेंडेंट की कॉल थी। कह रहा था कि वहाँ लाश मिली है।”

“वही फेक कॉल वाला होगा, अब तुम्हें तंग कर रहा है।”

“नहीं सर, अगर फेक कॉल होती तो वो नाम और नंबर नहीं बताता। मैंने नेट पर चेक किया है। उस सेमेट्री के अटेंडेंट का यही नाम और नंबर है।"

अनिल की आवाज़ की गंभीरता से नकुल को बात की गंभीरता का एहसास हुआ। अनिष्ट की आशंका से उसकी नसों में चींटियाँ रेंग गयीं। एक ख्याल उसके दिमाग में दौड़ गया की कहीं जिस आदमी ने उससे मदद माँगी थी, वही तो ...! यह ख़याल आते ही उसने जल्दबाजी में बोतल अलमारी में रखते हुए अनिल से बोला-

“फौरन चलो! We can't waste time।”

नकुल बोतल रखकर निकलने ही वाला था कि अनिल ने उसे रोकने की कोशिश की,

“सर, आप की तबीयत ठीक नहीं है। फिर आप थके हुए भी हैं। वैसे भी मेरी ड्यूटी है ही, मैं चला जाता हूँ।”

“नहीं अनिल! मेरा जाना ज़रूरी है। यूँ भी अगर कोई कत्ल हुआ है तो पॉसिबल है कि वही हो जिसने मुझे फोन किया था। चलो...”

कहते हुए नकुल बाहर निकल आया। अनिल ने भी अपनी मोटरसाइकिल निकाल ली और थोड़ी ही देर में दोनों की मोटरसाइकिल क्रिश्चियन क़ब्रिस्तान की ओर भागी जा रही थी।

लगभग आधे घंटे बाद दोनों उसी सेमेट्री के बाहर थे। रसेल बहुत बेसब्री से क़ब्रिस्तान की गेट के बाहर ही इन्तजार कर रहा था। उसने मोटर साईकिल के रुकते ही थोड़ा झुककर सलाम किया और बोला-

"सर लाश..."

नकुल ने मोटरसाईकिल स्टैंड पर लगाई और पुलसिया रौब झाड़ते हुए बोला-

"लाश को मारो गोली और पहले ये बताओ कि तुम्हें मेरा नंबर कहाँ से मिला?"

"सर! आपका नंबर हमारे नोटिस बोर्ड पर लिखा हुआ था।" कहते हुए रसेल ने क़ब्रिस्तान के बाहर लगे नोटिस बोर्ड की तरफ इशारा किया जहाँ किसी भी पुलिसिया ज़रूरत के लिए जो नंबर लिखा हुआ था वह इन्स्पेक्टर नकुल का ही था। अपना नाम और नम्बर देखते हुए नकुल थोड़ा कुढ़-सा गया-

"ये सरकारी नंबर भी ना। आदमी चला जाता है, नंबर रह जाता है...ख़ैर, तुम क्या बोल रहे थे, बोलो।"

"सर, लाश मिली है एक।" रसेल ने परेशानी से हाथ मलते हुए कहा।

"हाँ... तो क़ब्रिस्तान में लाश ही तो मिलेगी।"

"सर, यही तो बात है कि लाश क़ब्रिस्तान में नहीं मिली। लाश क़ब्रिस्तान के बाहर मिली है।"

"हाँ, तो तुमने परमिशन नहीं दी होगी। कोई बाहर छोड़कर चला गया होगा, अब भीतर ले लो।"

"नहीं सर, ऐसा नहीं है। अगर कोई दिक्कत हो तो हम नजदीकी सेमेट्री का पता बता देते हैं और अपनी गाड़ी भी दिलवा देते हैं।"

“चलो बताओ, लाश कहाँ है?”

“उधर, सेमेट्री से लगती पिछली दीवार के पास। चलिए, मैं दिखाता हूँ।”

ये कहते हुए रसेल दोनों को साथ लेकर लाश तक पहुँचा। लाश देखते ही अनिल बिदक गया।

“इस लाश के साथ तो छेड़छाड़ हुई है।”

“सर, आप यह लाश की कंडीशन देखकर कह रहे हैं न?”

“नहीं, लाश मेरे साथ टेलीपैथी कर रही है। भले आदमी! अब लाश ख़ुद तो बोलने से रही कि मेरे साथ छेड़खानी हुई है।” अनिल ने खीझते हुए कहा।

“सॉरी सर, आप सही कह रहे हैं, मगर आप जैसा समझ रहे हैं वैसी बात भी नहीं है। दरअसल, यह हनी बैजर का काम है”।

“हनी बैजर! अब ये कौन सा माफिया ग्रुप है।" नकुल चुप था। हालाँकि उसके मन में भी वही सवाल था जो अनिल ने पूछा था।

“नहीं सर, यह कोई माफिया ग्रुप नहीं, बल्कि एक जानवर है, जिसे आम भाषा में लोग कबरबिज्जू कहते हैं। दरअसल, इसी के कारण इस लाश का पता चला। कबरबिज्जू का काम क़ब्र खोदकर लाश को खाना है। हम जब भी सेमेट्री में इसे देखते हैं, तो भगाने की कोशिश करते हैं। दो दिन पहले ही मैंने इसे भागा दिया था। मगर ये मुर्दाघर के आसपास ही टहलते रहते हैं। शाम में जब मैं मुआयना करने निकला तब भी सब ठीक था। अभी आधे-एक घंटे पहले जब फिर इधर से गुज़रा तो यह दृश्य देखकर मेरे रोंगटे खड़े हो गए।”

“क्या देखा आपने!”

“मैंने देखा कि हनी बैजर इस लाश को निकालने की कोशिश कर रहा है। मैं फौरन वहाँ पहुँचा और उसे भगाया। फिर जब ढीली पड़ी मिट्टी हटाई तो ये लाश दिखी। मेरा काम यही है, मगर मैं फिर भी थोड़ा डर गया। मुझे लगा हो न हो ये पुलिस केस है। इसलिए नंबर ढूँढ़कर आपको कॉल किया।

"लाश देखते ही आपको यह कैसे लगा कि यह पुलिस का मामला है? यह भी तो हो सकता है कि कोई मुर्दा ही सेमेट्री के बाहर दबा गया हो।" नकुल ने सवालिया अंदाज़ में पूछा।

"सर, यह क़ब्रिस्तान गवर्नमेंट रजिस्टर्ड है। हम यहाँ बिना डैथ सर्टिफिकेट के लाश एक्सेप्ट ही नहीं करते। ऐसी कोई लाश कल या परसों भी नहीं आयी। न ही ऐसी कोई क्वेरी ही आयी। इन सिंपल वर्ड्स, इस लाश का कोई नामलेवा नहीं था। ऐसी स्थिति में हम पुलिस को ख़बर करते ही हैं। यह जनरल रूटीन है और फिर यह लाश ज़्यादा पुरानी नहीं है। ये आज या कल की है। अगर कोई ग्रेव के लिए आएगा तो मुझे जानकारी होगी। मैं जगह नहीं दे पाऊँगा तब वो कहीं और जाएगा। पिछले एक हफ्ते में ऐसा कुछ नहीं हुआ।" रसेल ने सारी बात रुक-रुककर समझायी।

"और इसलिए आपने मान लिया कि ये हत्या है?" नकुल ने ही फिर सवाल दागे।

"सर, यह मेरा अंदाज़ा है। मगर अब मुझे लग रहा है कि मुझे आप लोगों के सामने अंदाज़ा नहीं लगाना चाहिए।" रसेल ने ठिठकते हुए कहा।

"एकदम सही। पुलिस के सामने जज नहीं बनना चाहिए! खैर अभी आपने बताया कि कबरबिज्जू इसका हाथ पकड़कर खींच रहा था, हो सकता है वही खा गया हो।"

"सर, मैंने कहा था कि हनी बैजर इसका दाहिना हाथ पकड़कर बाहर निकाल रहा था। हनी बैजर जब कोई भी मांस का टुकड़ा पा लेता है, तो वह पहले उसे खाता है। उसके बाद ही वह दूसरे अंग पर टूटता है लेकिन जब यह इसके दाहिने हाथ को खींच रहा था, तभी मैंने देख लिया था और शोरकर भगाया। यह बताते हुए रसेल के चेहरे पर अब एक जिम्मेदारी का एहसास खिंच गया। मगर नकुल रसेल की ओर न देखकर लाश को ही देखता हुआ बोला –

"यार, तुम्हारी उम्र कितनी है?"

"सर 52 साल। क्यों सर?"

"फॉर्म भरने की उम्र निकल गयी वरना तुम्हें तो सीबीआई में होना चाहिए था।"

"क्या सर! आप भी मज़ाक कर रहे हैं।"

"हाँ, मज़ाक ही कर रहा था और कोई बात जो तुम बताना चाहो?"

"हाँ सर, कल रात तेज़ बारिश थी। इसलिए मैं राउंड पर नहीं निकला था। लेकिन फिर अचानक ही ऐसा लगा जैसे फायर की आवाज़ हुई हो।"

"यार, तुम क़ब्रिस्तान के अटेंडेंट ही हो न!" नकुल ने एक मानीखेज मुस्कराहट के साथ पूछा।

"क्या हुआ सर!"

"नहीं, थोड़ा शक हो रहा है। गूगल की तरह सारा ज्ञान तुमसे ही झड़ रहा है। तुम्हें कैसे पता कि फायर की आवाज़ कैसी होती है। ये अनिल तो आज तक फायर और पंक्चर की आवाज़ में अंतर नहीं कर पाता।"

क्या सर, इतना भी बेवकूफ नहीं हूँ मैं। अब तो दोनों तरह के "बम" फटने की आवाज़ पहचान लेता हूँ। अनिल ने मसखरी भरी बात की और रसेल से बोला -

"भले मानस, साहब यह कहना चाह रहे हैं की तुम्हें कैसे लगा कि गोली ही चली है। हो सकता है टायर भी फटा हो।"

"यही, बस यही बात मेरे भी दिमाग में आयी थी सर। मैं जब बाहर निकला तो मैंने देखा कि एक गाड़ी खड़ी है और एक आदमी गाड़ी की व्हील बदल रहा था। मुझे भी यही लगा कि शायद इसकी कार का टायर ही फटा हो। यहाँ अक्सर आने-जाने वालों को तकलीफ होती है, सो इंसानियत के नाते मैं आवाज़ देकर ज़रूरत के लिए पूछ लेता हूँ। मैंने जब मदद के लिए पूछा तो उसने कहा कुछ नहीं; बस हाथ हिला कर मदद से इनकार कर दिया। मुझे लगा, कोई बड़ी बात नहीं। इसलिए वापस अपने कमरे में चला आया लेकिन

इसके कोई आधे, पौने घंटे बाद कोई आदमी आवाज़ देता हुआ यहाँ से गुज़रा जैसे किसी को ढूँढ़ रहा हो।"

"क्या आवाज़ दे रहा था!" नकुल ने उत्सुकता से पूछा।

"सर मैं ठीक से सुन नहीं पाया। शायद किसी को ढूँढ रहा था। मगर वह इतनी जल्दी में था कि ढूँढते-ढूँढते आगे बढ़ गया। उसी की आवाज़ सुनकर एक दफा फिर जब मैं उठा, तो देखा कि वो कार अब वहाँ नहीं थी।"

नकुल समझ गया कि वह जिस दूसरे आदमी की बात कर रहा है वह नकुल ही था। लिहाजा अगर रसेल की बात का भरोसा किया जाए तो नकुल के पहुँचने से काफी पहले हत्या हो चुकी थी। बहरहाल नकुल ने पूछताछ जारी रखी। मगर अब पूछताछ में नकुल रसेल को थोड़ी इज्जत देने लगा।

"कार कौन-सी थी? और अब एक दफा फिर से बताइये कि असल में आपने क्या देखा।"

"वो मारुति 800 थी। किसी गहरे रंग की। पहिया बदलने वाला आदमी दोहरे बदन का था।" इतना कहकर रसेल थोड़ा रुका। फिर हिचकिचाता हुआ बोला।

आदमी देखने में कैसा था। बीच में ही अनिल ने सवाल किया।

"सर! मैं इतनी दूर से उसका चेहरा नहीं देख पाया। बस अंदाज़न यह ही जान पाया कि वह दोहरे बदन का आदमी था।

"यहाँ पर तो स्ट्रीट लाइट की अच्छी रोशनी है। क्या वह आदमी तुमको स्ट्रीट लाइट की रोशनी में नहीं दिखा?" अनिल ने सवाल किया।

"सर, मैं बता चुका हूँ कि मुझे लगा था कि टायर ही पंक्चर हुआ होगा, मगर आज इस लाश को देखने के बाद ऐसा लग रहा है कि...।"

"कार का नंबर नोट किया था आपने?"

“जी नहीं। रसेल खेद भरे स्वर में बोला...'यह सब इतनी दूर से हुआ कि कार का नंबर देखने वाली बात पॉसिबल नहीं थी। वैसे, अगर सूझ भी जाती तो भी नंबर देख पाना नामुमकिन था। अलबत्ता उस आदमी की एक झलक मैंने ज़रूर देखी थी लेकिन वो भी सिर्फ झलक ही थी।”

“दोबारा देखने पर आप उसको पहचान सकते हैं?”

रसेल हिचकिचाहट में पड़ गया। उसने मिट्टी में पड़ी लाश पर उचटती-सी निगाह डाली। उसकी आँखों में डर साफ़ नज़र आ रहा था। रसेल ने धीरे से सिर हिलाकर इंकार करते हुए थोड़ी ऊंची आवाज़ में कहा-

“नहीं! मैं नहीं पहचान सकता।”

अनिल अलग खड़ा रसेल को गौर से देख रहा था। वह दोबारा रसेल के बगल में आ खड़ा हुआ और रौबदार आवाज़ में बोला।

“आप बात को टाल रहे हैं। असलियत यह है, आप इस बात को कबूल करने से डर रहे हैं कि उस आदमी को पहचान सकते हैं।”

रसेल ने अनिल को घूरा।

“कमाल करते हैं आप। मैं एक शरीफ शहरी हूँ। पुलिस के साथ सहयोग करने का अपना फर्ज निभाते हुए मैंने वह सब बता दिया, जो देखा था।”

“जी नहीं। असलियत यही है कि आप डर रहे हैं। आप को लगता है कि इस मामले में आपकी गर्दन फँस जाएगी जो कि आप फँसाना नहीं चाहते। आपके बयान के मुताबिक़ हत्यारा अपना काम करके आपके सामने से निकल गया और आप चुपचाप तमाशा देखते रहे। आपको डर है कि ऐसा करने पर आपकी अपनी जान ख़तरे में पड़ जाएगी।” अनिल थोडा रुका। उसने अपनी साँसों को संयत किया और फिर दुबारा बोला-

"और हाँ, आपका बयान सिर्फ आपका वर्जन है, सच्चाई, जाँच के बाद ही पता चलेगी। वैसे सवाल तो इस बात पर भी पूछा जाना चहिये कि आप वो हत्यारा क्यों नहीं हो सकते?"

"देखिये मैं जो कर सकता था, मैंने किया है। अगर पुलिस का डर ही होता, जो की आप लोग मुझे अभी दिखा रहे हैं तो मैं पुलिस को इन्फॉर्म ही नहीं करता। सुबह होती, कोई राहगीर देखता, हंगामा होता और बात आप तक पहुँच ही जाती। मैंने तो बस एक सिटीजन का फर्ज निभाया है।" रसेल ने नकुल से आँखें मिलाने की नाकाम कोशिश करते हुए कहा।

नकुल ने बात बिगड़ती देख संभालने की कोशिश की-

"शुक्रिया रसेल। तहकीकात अब शुरू होगी। तुम्हारी मदद की फिर ज़रूरत पड़ सकती है। बिना बताये शहर मत छोड़ना। अनिल! तुम थाने में इन्फॉर्मेशन दे दो। फॉरेंसिक वालों को भी बता दो। जब उनका काम हो जाए, तो लाश उठवाने का इंतजाम करो और पता करो कि कोई पुलिस डिटेल हमारे पास है क्या।"

"कह दिया है सर। देरी करने पर फॉरेंसिक वाले हमें ही कठघरे में खड़े करने लगते हैं। उनके आने तक तो हम जा भी नहीं सकते। वो पहुँचने ही वाले हैं।"

इससे पहले अनिल कि अपनी बात पूरी कर पाता, फॉरेंसिक टीम वहाँ पहुँच गयी। इलाके को घेर दिया गया और फॉरेंसिक टीम अपने काम में जुट गयी। फॉरेंसिक के आते ही ज़रूरी जानकारी देकर अनिल और नकुल भी अपनी बाइक से चल पड़े। रास्ते में ही अनिल ने नकुल से पूछा-

"मेरी तो रात की ही ड्यूटी थी सर। आपने रात क्यों ख़राब की?"

"इसलिए कि मुझे थोड़ा गिल्ट फील हो रहा है। अगर ये वही आदमी था जिसने देर शाम मुझे फोन किया था तो मुझसे भूल हुई। मैं वक़्त पर नहीं पहुँच पाया।"

"अरे सर! बेकार की बातों से दिल मत छोटा कीजिए। दिन में तेरह लाश देखने का श्राप मिला है हम पुलिस वालों को। इतना इमोशनल होने लगे तो लग गए कोने।"

"अच्छा अनिल ये बताओ! क़ातिल ने ये जगह क्यों चुनी।" नकुल ने बात पटरी पर लाते हुए कहा।

"इसलिए कि अगर लाश का पता देर से लगे, तब तक लाश गल चुकी हो और जब मिले तो यही भ्रम हो यह सेमेट्री का ही एक्सटेंशन है। जगह नहीं मिलने पर किसी ने यहाँ गाड़ दिया होगा। मगर उसकी चाल एक जानवर ने ख़राब कर दी।" अनिल ने अपनी जोम में ही कह दिया, मगर नकुल उसकी बात से निश्चिन्त नहीं दिखा। उसने फ़ौरन ही सवाल किया।

"इंवेस्टिगेशन की किताब का पहला बेसिक क्या है अनिल।"

"यही कि सबसे पहले लाश की पहचान हो। उसकी शिनाख्त हो। उसके शिनाख्त से ही इंवेस्टिगेशन को दिशा मिलती है। तो इसका मतलब यह निकला कि जब तक लाश की शिनाख्त नही नहीं हो जाती, हम हाथ पर हाथ रखकर बैठे रहेंगे?"

"ऐसी हमारी किस्मत कहाँ है अनिल। अभी गुमशुदगी के रिपोर्ट्स खँगालने होंगे। हिस्ट्रीशीटरों से बात करनी होगी। अपने मुखबिर से ख़बर निकलवानी होगी।"

"और सर उस टेलेफ़ोन वाले का पता भी तो निकालना होगा जिसने आपको कॉल किया था।" अनिल ने अभी कहा ही था कि नकुल के जेहन में कुछ अचानक ही कौंधा। उसने अपनी मोटर साईकिल अचानक ही पीछे घुमा ली और लगभग हिलाते हुए ही अनिल से बोला-

"अनिल गाड़ी पीछे लो।"

"क्या हुआ सर? कुछ छूट गया क्या!"

"नहीं लगता है कोई सुराग़ मिल गया है।"

"क्या सर!"

"रसेल के मुताबिक एक हाथ तो हनी बैजर खा गया था... और दूसरा हाथ! क्या तुमने लाश का दूसरा हाथ देखा था? मुझे लगता है। वहीं कुछ सुराग़ है। जल्दी वापस चलो।"

काली क़ब्र

अनिल और नकुल की मोटरसाइकिल दोबारा क़ब्रिस्तान पहुँच गयी। फॉरेंसिक वाले अपना काम कर ही रहे थे। नकुल ने ही फॉरेंसिक वालों से पूछा-

"कुछ मिला !"

"फौरी तौर पर तो यही बताया जा सकता है कि गोली मारी गयी है ! वक़्त देकर मारा गया लगता है। कोशिश ये की गयी है कि किसी हालत में ज़िंदा न बचे। निश्चिंत होने के बाद ही क़ातिल ने इसे पहले से खोदे गए गड्ढे मे डाला होगा।"

"पहले से खोदे गए गड्ढे में मतलब ?"

"ज़ाहिर-सी बात है, ये रास्ता वीरान ज़रूर है लेकिन फिर भी आवाज़ाही रहती है। लिहाज़ा उसने इसे मार कर क़ब्र खोदने का काम तो किया नहीं होगा। बल्कि इसकी ज़्यादा पॉसिबिलिटी है कि मारा कहीं और हो और यहाँ लाकर गाड़ दिया हो।"

"और हाथ!"

"एक पर किसी जानवर के काटे के निशान हैं दूसरा हाथ किसी तेज़ धारदार हथियार से काटा गया है।"

"कटा हुआ हाथ कहीं मिला?"

"नहीं, फ़िलहाल तो नहीं।"

"मिलेगा भी नहीं। मेरा शक सही निकला। ऐसा या तो लाश की पहचान छुपाने के लिए किया गया है या फिर पहचान दिखाने के लिए।"

"मतलब समझा नहीं नकुल सर आप क्या कहना चाहते हैं?"अनिल ने पूछा।

"मतलब यह कि ज़रूर इसके हाथ पर कोई बर्थ मार्क या टैटू या नाम गुदा होगा जिससे इसकी पहचान साबित हो जाए, जैसे मान लो कि कोई धर्म की निशानी हो, तो यह ज़ाहिर हो जाएगा कि यह उस धर्म का है जिसमें लाश को दफन नहीं करते या फिर कोई बर्थ मार्क जिससे इसे किसी को दिखा कर साबित करना हो कि काम हो गया है।"

"इसका मतलब यह भी निकला कि या तो ये किसी भाड़े के क़ातिल का काम हो या फिर किसी साईको का जिसका ऐसा शगल हो।"

"हो सकता है और ये भी हो सकता है कि ...।" अभी नकुल और अनिल किसी नतीजे पर पहुँच पाते कि फॉरेंसिक वाले बुज़ुर्ग ने टोक दिया।

"Hold your horses. ऐसा लगता है, आप तो बिना फॉरेंसिक रिपोर्ट आए ही क़ातिल तक पहुँच जाएँगे। थोड़ा सब्र कर लीजिये। हमें भी सैलरी जस्टिफाई करनी होती है।"

"ठीक है सर। आप अपना काम कीजिये, चलो अनिल।"

अनिल ने फॉरेंसिक वाले को घूरकर देखा और फिर मोटरसाइकिल की ओर चल दिया। लगभग पंद्रह मिनट की मुर्दा ख़ामोशी में दोनों की गाड़ियों की आवाज़ ही उस वीरान रास्ते को काटती रही और फिर अनिल पुलिस स्टेशन की तरफ और नकुल अपने घर की तरफ मुड़ गए।

नकुल घर पहुँचते-पहुँचते इतना थक चुका था कि उसमें अब और सोचने की हिम्मत ही नहीं बची थी। डॉक्टर ने उसे ऐसे ही दर्द को मैनेज करने के लिए मॉर्फिन प्रेस्क्राइब की थी। उसने एक गोली खाई और बिस्तर पर निढाल हो गया। लगभग पाँच मिनट में ही मॉर्फिन उसके खून में मिलकर उसे दर्द से दूर दूसरी ही दुनिया में पहुँचा चुकी थी। वह सो गया था और अब सपनों की दुनिया में था। सपना जो वह पिछले छः महीने से अक्सर देखा करता था। सपना जो उसकी ज़िंदगी की सबसे काली रात थी।

तीन माह पहले...

रात के कोई 3 बजे थे। धान के खेत बारिश के पानी से धुल गये थे। अँधेरे में ऐसी ख़ामोशी थी कि जैसे उन्हें भी किसी अनहोनी का अहसास हो गया हो। खेतों से आ रहे हवा के झोंकों के साथ किसी की घुटी-घुटी आवाज़ भी आ रही थी। यह आवाज़ चाइल्ड रेपिस्ट, शकूर की थी, जो दो घंटे पहले ही नकुल और अनिल के हाथ लगा था और उनका इरादा उसे जेल ले जाने का कतई नहीं था। इसलिए उसे रात के इस पहर में धान के खेतों में लाया गया था। उसके हाथ खोल दिए गए थे मगर पाँवों में ढीली-सी रस्सी अभी भी बँधी हुई थी।

शकूर, बच्चा नहीं था। बल्कि बच्चे तो उसके लिए खिलौना ही थे। इसलिए जब उसे जेल की बजाय खेत में लाया गया तो वह अपना मुस्तकबिल ताड़ गया था। मगर फिर भी उसकी आँखों में की खौफ नहीं था। उसने अपने मुस्तकबिल का एहसास हो गया था। लिहाजा उसने बेखौफ-ओ-खतर ही अनिल से पूछा-

“साहब... तुम लोग मेरा एनकाउंटर करेगा ना?”

“नहीं रे! तू बस शहर छोड़ दे! ये खेत पार करेगा तो नाका आएगा, उसको पार करेगा, शहर पार! बस इधर हमारे पोलिस थाने के एरिया में दुबारा मत आना। तू अब पीछे मुड़ और निकल। आज़ाद है तू।"

“...तो ये कंबल किस वास्ते लाया सर! इससे नाल सटा कर ही मारेगा न मेरी पीठ पर गोली। ताकि बारूद के निशान न आएँ। फिर सबेरे के अख़बार में लिखवाएगा कि शकूर नाम के इनामी बदमाश को पकड़ने के लिए पुलिस ने घेराव किया। उसे सरेंडर करने को कहा लेकिन शकूर ने सरेंडर करने की जगह फायरिंग कर दी। मजबूरन पुलिस को गोली चलानी पड़ी और जवाबी फायरिंग में शकूर मारा गया। तुम लोग का सब चाल हम जानता है सर।”

शकूर मौत के मुँह के पास खड़ा होकर भी बेखौफ था। उसकी ये बात नकुल को गुस्सा दिलाने के लिए काफी थी। वो पीछे मुड़ते हुए बोला-

“अनिल! इससे क्या पूरी इंडियन पीनल कोड सुननी है तुझे? मुझे ज़ोर की सू-सू आई है, जब तक मैं फारिग होता हूँ तब तक इसे फारिग कर, नहीं तो पता चलेगा कि आईजी का रिश्तेदार निकल आया।”

कहते हुए नकुल हल्का होने के लिए पीछे मुड़ गया और यहीं उससे गलती हो गयी। उसके लापरवाह होते ही शकूर ने झटके से उसके होल्डर से पिस्टल निकाल ली और जब तक अनिल शकूर का काम तमाम करता, शकूर ने अपना काम कर दिया। उसने गोली चला दी थी।

फटाक की आवाज़ के साथ गोली नकुल के स्पाइनल कॉर्ड को छीलती हुई बाहर निकल गयी। खून की एक धार नकुल के कंधे से उबल पड़ी। अनिल यह देख कर चीख पड़ा और ...

और...इस चीख के साथ ही नकुल की नींद खुल गयी। छह महीने पहले हुई इस घटना से वह अब भी चौंककर जाग जाता था। तीन महीने तो वह अस्पताल में ही रहा था लेकिन पिछले तीन महीने से उसने थाने आना शुरू कर दिया था लेकिन उसके स्पाइनल कॉर्ड की चोट उसके लिए जानलेवा साबित हो सकती थी और बिना ऑपरेशन उसका ज़्यादा दिनों तक जिंदा रहना भी संभव नहीं था। वो यह बात जानता था। नकुल को ऑपरेशन के लिए 50 लाख रुपए की ज़रूरत थी, लेकिन इतनी बड़ी रकम का इंतजाम कर पाना उसके लिए मुश्किल था, फिर भी वह कोशिश कर रहा था। इस हालत में नौकरी करना अब उसकी मजबूरी भी थी क्योंकि मेडिकल ग्रांट ही उसकी आखिरी उम्मीद थी जिसके सहारे वह ऑपरेशन का खर्चा उठा सकता था।

एक दफा जो उसकी नींद उचट गयी तो फिर उसे नींद नहीं आयी। अपनी परेशानी से ज़्यादा अब उसे बलजीत के क़त्ल ने परेशान कर दिया। उसके जेहन से बलजीत का चेहरा उतर ही नहीं रहा था। जब उसकी बैचेनी ज़्यादा बढ़ गयी तो उसे शबनम की याद आयी। ऐसे हालात से ख़ुद को निकालने

के लिए उसका मन शबनम की ओर भागता था। शबनम से उसका रिश्ता जिस्मानी था। शबनम एस्कॉर्ट थी। रात के इस वक़्त शबनम को फोन करने का कोई तुक नहीं था। मगर फिर भी नकुल ने उसे फोन लगा दिया। मगर दो ही रिंग के बाद फोन कट गया। नकुल थोडा उदास हुआ मगर वह समझ गया कि शबनम किसी क्लाइंट के साथ होगी। उसने ड्रिंक बनाई और सारी रात कोई घटिया सी वेब सीरिज देखते हुए काट दी।

अगले दिन वह जैसे ही थाने पहुँचा उसकी नज़र दरवाजे पर ही ठिठक गयी। उसने महसूस किया कि एक बेहद ही ख़ूबसूरत औरत उसके आने का इंतज़ार कर रही है। लड़की लिबास के हिसाब से साधारण ही थी, मगर उसकी ख़ूबसूरती उसकी ओर देखने पर मजबूर कर रही थी। नकुल जैसे ही उस लड़की के सामने से गुज़र कर भीतर जाने लगा लड़की ने उसे टोका-

"सर!"

नकुल रुक गया। उसने औरत की ओर देखा-

"हाँ कहिए!"

"सर, मेरा नाम विद्या है।"

"काम बताइए!" नकुल ने थोड़ी रुखाई से ही कहा।

"सर, मुझे एक रिपोर्ट लिखवानी है।"

"वो उधर! रिपोर्ट सेक्शन उधर बना हुआ है। उधर चली जाइए।"

"सर, पिछली रात से यहीं खड़ी हूँ। कोई नहीं सुनता। बस लोग यहाँ-वहाँ भगाते रहते हैं। जैसे आप भगा रहे हैं।" नकुल ने देखा उस औरत की बातों में सच्चाई थी। वो अपने महकमे के लोगों को अच्छे से जानता था। वो किसी

से सीधे मुँह बात नहीं करते थे। उसने ख़ुद भी तो रूखी ही बात की थी। उसे अपनी गलती का अहसास हुआ। उसने थोड़ी देर रुककर कहा-

"उधर, लेडीज कॉन्स्टेबल मिलेंगी। उनसे जाकर कहिए वो लिख देंगी।"

"सर, कल से दस बार कह चुकी हूँ, डाँटकर भगा देती हैं। ऐसे व्यवहार करती हैं जैसे हमलोग कोई इंसान ही नहीं हैं। एक तो मैं वैसे ही परेशान हूँ। चौबीस घंटे से ज़्यादा हुए, मेरे पति से घर नहीं आए हैं और ऊपर से ऐसा व्यवहार।"

नकुल को लगा कि लड़की सचमुच परेशान है। उसने लड़की को अपने साथ आने को कहा और रिपोर्ट सेक्शन की ओर बढ़ गया। उसने देखा कि रिपोर्ट सेक्शन में लेडीज कॉन्स्टेबल बैठी है। नकुल ने लड़की को बाहर खड़ा रहने को कहा और भीतर जाकर लेडीज कांस्टेबल से कहा-

"'सुमनलता! क्या यह सही है कि तुमने इनकी रिपोर्ट लिखने से इंकार कर दिया था?"

"गुड मॉर्निंग सर, किसकी रिपोर्ट सर!"

"यह, जो बाहर खड़ी हैं।"

"जी सर।'

"तो आप यह बात एक्सेप्ट भी कर रही हैं? कमाल है। सच्चाई को बहादुरी के साथ आज के जमाने में कौन स्वीकार करता है।"

"जी, दूसरा कोई रास्ता भी नहीं है सर। हमारे गाँव में कहावत है, कमज़ोर लोगों को सच ही बोलना चाहिए। मुश्किलों से बच जाते हैं।"

नकुल मुस्कुराया।

"ऐसा? लेकिन हमने तो सुना है कि तुम दो-दो मुस्टंडों पर एक साथ नकेल कस देती हो"

"जी सर, लेकिन फ़ायदा क्या? प्रमोशन तो वैसे भी आप लोगों को ही मिलना है।"

"प्रमोशन? यहाँ सरकार इलाज के पैसे नहीं दे रही और तुम प्रमोशन की बात करती हो, खैर... यह बताओ तुमने इनकी रिपोर्ट लिखने से इंकार क्यों कर दिया?"

"क्योंकि मुझे नौकरी करनी है सर।"

"मतलब!"

"मतलब, वह जिसके खिलाफ रिपोर्ट लिखवाने आयी हैं, मैं उसके खिलाफ रिपोर्ट नहीं लिख सकती थी।"

"पहेलियाँ मत बुझाओ। किसके खिलाफ रिपोर्ट करनी है?"

"बत्रा साहब के खिलाफ।"

"बत्रा साहब कोई तोप हैं क्या?"

"जी, तोप ही समझिए। इलाके के बिजनेस फोरम के प्रेसिडेंट हैं और रसूखदार इंसान हैं।"

"तो आप रसूखदार इंसानों के खिलाफ रिपोर्ट नहीं लिखतीं?"

"लिखतीं हूँ सर, बस आप जैसे सीनियर के आदेश के बाद लिखती हूँ।"

"तो फिर यह मेरा ऑर्डर ही समझिए और विद्या की रिपोर्ट दर्ज कीजिए।"

"सर, मैं रिपोर्ट दर्ज कर दूँगी, पर एक रिक्वेस्ट है।"

"कहिए।"

"साइन आप कर देंगे।"

"अरे यार, इतना डरते हुए आपको पहले तो कभी नहीं देखा।"

"पहले किसी रसूखदार इंसान के खिलाफ कोई झूठा केस भी तो नहीं आया।"

"केस दर्ज करने से पहले ही आप जानती हैं की केस झूठा है?"

"मैं क्या सभी जानते हैं।"

"कैसे? आप ये बात इतने विश्वास के साथ कैसे कह सकती हैं।"

"छोड़िए सर, औरत होकर औरत के लिए बुरा बोलना अच्छा नहीं लगता।"

"जितना बुरा बोलना था, आप बोल चुकीं। बाहर से उस औरत को बुलाइए। मैं उससे सवाल करता हूँ, आप बस उसे दर्ज करती जाइए, इतना तो कर सकती हैं न आप?"

"यस सर।"

थोड़ी ही देर में विद्या अंदर आयी। रंग साँवला, लेकिन तीखे नाक-नक्श, सूती कलफ लगी साड़ी में वो अच्छी दिख रही थी।

"आइए, बैठिए।"

"शुक्रिया सर।"

"कहिए क्या रिपोर्ट लिखवाना चाहती हैं आप।"

"मेरा नाम विद्या है सर।"

"ये आपने बाहर बताया था। आप कहाँ की रहने वाली हैं?"

"जी हुसैन गंज।"

"किस बात की रिपोर्ट दर्ज कराना चाहती हैं आप?"

"मेरे पति पिछले चौबीस घंटे से घर नहीं आए हैं।"

"आपने फोन किया था?"

"जी, उनका फोन रात के बाद से बंद है।"

"आखिरी बार बात कब हुई थी आपकी उनसे?"

"आखिरी बार बात कल दोपहर में हुई थी। मेरे पेट में दर्द था। उन्होंने मामूली हालचाल के लिए फोन किया था।"

"अच्छा फिर।"

"फिर जब देर रात हुई और वो घर नहीं आए तो मैंने फोन किया। उनका फोन स्विच ऑफ था।"

इतना कहकर वो चुप हो गयी। नकुल उसकी ओर मुख़ातिब हुआ।

"अरे, आप कहती रहें, मैं सुन रहा हूँ।"

"फिर मैंने एक दिन और इंतज़ार किया और फिर सर से पूछा।"

"ये सर कौन?"

"बल्ला सर।"

"बल्ला ज्वेलरी वाले, राघव बल्ला?"

"जी सर, वही राघव बल्ला।"

"आप उन्हें कैसे जानती हैं।"

"मैं उनकी सेक्रेटरी थी।"

"थी मतलब? अब नहीं हैं?"

"नहीं। आज के बाद शायद ही वो मुझे सेक्रेटरी रखें और मैं भी शायद ही यह काम कर पाऊँ?"

"Please go ahead. मैं सुन रहा हूँ।"

"दरअसल, मैं उनके खिलाफ ही रिपोर्ट लिखवाने आयी हूँ।"

"आपको लगता है कि आपके पति की गुमशुदगी के पीछे बल्ला का हाथ है।"

"सर, मुझे विश्वास है कि उन्हीं का हाथ है।"

"ऐसा क्यों? आप ये बात इतने विश्वास से कैसे कह सकती हैं?"

"मेरे पति उनके मैनेजर थे।"

"मतलब आप दोनों लोग ही बल्ला ज्वेलर्स के लिए काम करते थे?"

"नहीं सिर्फ मेरे पति।"

"और आप? "

"जैसा अभी बताया कि मैं उनकी सेक्रेटरी थी।"

"एक ही बात हुई, आप दोनों बल्ला ज्वेलर्स के ही मुलाजिम हुए।"

"नहीं। मेरी सैलरी बल्ला ज्वेलर्स से नहीं बनती थी।"

"अच्छा! आगे कहें।"

"उस दिन बल्ला साहब ने ही उसे अपने किसी काम से भेजा था। फिर वह वापस नहीं आए।"

"लेकिन यह तो शक करने का कोई पुख्ता कारण नहीं हुआ। मालिक अपने मुलाज़िम को काम के लिए कहीं न कहीं भेजता ही है।"

"मगर वह कोई ऐसा काम था जिसके लिए मेरे पति तैयार नहीं थे। वह दो-तीन दिनों से परेशान थे और बात-बात पर नाराज़ भी हो जाते थे।"

"अच्छा! पति की गुमशुदगी के बाद आपने इंतज़ार किया और फिर बल्ला साहब से पूछने गयीं। जब वह कोई माकूल जवाब नहीं दे पाए तो आप रिपोर्ट दर्ज कराने यहाँ आ गयीं। ठीक कहा न मैंने।"

"जी।"

"अच्छा एक बात बताइए, आप अस्पताल क्यों नहीं गयीं। मतलब आपको ऐसा क्यों नहीं लगा कि आपके पति का एक्सीडेंट भी हो सकता है। वो अस्पताल में भी हो सकते हैं और आप इतनी श्योर कैसे हैं कि आपके पति के गुमशुदगी में बल्ला का हाथ है?"

"जी! मुझे शक है।"

"हाँ तो ये कहिए कि आपको शक है और शक की बुनियाद वह काम है, जिसे करने के लिए आपके पति तैयार नहीं थे।"

"जी सर।"

“सुमनलता, इनके पति का नाम क्या लिखा है?” नकुल ने लेडी कांस्टेबल से पूछा।

“बलजीत कांत।”

“विद्या जी, एक बात बताएँ। आपके पति का आपसे कैसा संबंध था।”

“जी, समझी नहीं। आप क्या कहना चाहते हैं?”

नकुल ने महसूस किया कि इस बात का जवाब देने से पहले विद्या थोड़ा असहज हुई। नकुल अभी अपने सवाल को खुलकर पूछता इससे पहले ही सुमनलता ने बात समझते हुए कहा-

“अरे, साहब पूछ रहे हैं कि क्या तुम्हारा पति तुमसे झगड़ा करके घर से निकला था?”

“नहीं। मेरा उनसे कोई झगड़ा नहीं हुआ था। वह ठीक-ठाक ही निकले थे और फिर दोपहर में बात तो हुई ही थी।”

“अच्छा, किसी और से कोई झगड़ा, उधारी, लेनदारी-देनदारी वगैरह।”

“नहीं सर, हम दोनों लोग इस शहर में बाहरी ही थे। ज़्यादा लोगों से मिलना-मिलाना नहीं था, इसलिए मेरी जानकारी में तो उनका किसी से झगड़ा नहीं हो सकता। अब आप मर्द लोग बाहर क्या करते हैं, वह हमें क्या पता।”

विद्या को ऐसे बोलता सुन साथ बैठी सुमनलता बिफर पड़ी-

“तुझसे जितना पूछा जाए उतनी ही बात कर। ज़्यादा बीबीसी लंदन न बन। सीधे-सीधे ये बोल कि तेरे पति का किसी से बैर नहीं था।”

“जी, ऐसा ही था और हमारा गुजारा दोनों लोगों की सैलरी में चल जाता था, इसलिए उधार की भी कोई बात नहीं होगी। कम से कम उन्होंने कभी मुझसे तो नहीं कहा था।”

“आपके पति बलजीत घर से कैसे निकले थे?”

“ऑफिस से उन्हें एक गाड़ी मिली थी।”

"कौन सी?"

"बत्रा सर की पुरानी मारुति 800 थी, वही लेकर निकले थे।"

इतना सब कुछ पूछने के बाद नकुल ने देखा कि विद्या के पास उसके सारे प्रश्नों के जवाब ज़ुबान पर ही थे। उसका आत्मविश्वास भी काफी ऊँचा दिख रहा था। ऐसा तभी होता है जब या तो इंसान बहुत शातिर हो या फिर सच्चा। इसलिए फ़िलहाल नकुल को उस औरत पर शक करने का कोई ठोस कारण नज़र नहीं आया। उसने फौरन सुमनलता से कहा-

"सुमन... रिपोर्ट बनाकर उन्हें भी दिखा दो और इनकी हामी हो तो मुझसे साइन करवा लेना।"

"यस सर।"

"शुक्रिया विद्या। हम पूरी कोशिश करेंगे कि आपके पति जल्द से जल्द घर आ जाएं।"

ये कहते हुए नकुल वहाँ से उठ गया और अपने चैंबर में आकर बैठ गया। उसके दवा लेने का वक़्त हो चुका था और इतनी पूछताछ से उसका सिर भी भारी हो गया था। पिछली रातों की दौड़-भाग भी उसके दिमाग पर बोझ की तरह ही वार कर रही थी।

वो दवा खाकर आँखें बंद किए कुर्सी पर लेटा ही था कि दरवाजे पर दस्तक हुई। उसने देखा कि कॉन्स्टेबल सुमनलता हाथ में रजिस्टर लिए खड़ी है।

"आओ सुमन। कोई ख़ास बात?"

"नहीं सर, बस साइन चाहिए।"

"उस औरत ने साइन कर दिया?"

"हाँ सर, शातिर औरत है। कई जगह काट-छाँट करवाई। फिर फाइनल किया।"

"मुझे भी ऐसा ही लग रहा है। उसके पास सारे सवालों के जवाब थे। ऐसे जैसे किसी ने रटाया हो। खैर ये बताओ, वो है या चली गयी!"

"चली गयी सर। साइन करने के फौरन बाद चली गयी। कल से तो यहीं लटकी पड़ी थी।"

"अच्छा, लाओ रजिस्टर। सुमन तुम तो औरत हो, ज़्यादा समझ पाओ शायद, क्या लगता है तुम्हें?"

"जाने दीजिए सर, मेरे सोचने से क्या होता है?"

"कहो? शायद तुम्हारा कहना इसके पति को ढूँढने में मदद करे।"

"आपको क्या लगता है, इसे बत्रा के यहाँ नौकरी यूँ ही मिल गयी होगी?"

"मतलब?"

"मतलब ये कि यह औरत दूसरे किस्म की है।"

"ओह! तुम बिना जाने कैरेक्टर पर उतर आयी।"

"मैं क्या, सब यही कहते हैं सर।"

"सब का कहना कभी-कभी गलत भी होता है।"

नकुल ने साइन करते हुए कहा। फिर थोड़ी देर की चुप्पी के बाद दोबारा काग़ज़ देखने लगा। अबकी बार उसने कुछ ऐसा दिखा जिसने उसके दिमाग की नसें झनझना गयीं। वह फ़ौरन अपना हाथ झटकते हुए बोला-

"एक मिनट, एक मिनट।"

"क्या हुआ सर! कुछ गलती हो गयी क्या?"

नकुल के इस तरह चौंकने से सुमनलता भी सकते में आ गयी थी।

"ये इसके पति का फोन नंबर तुमने सही लिखा है?"

"जी सर। मैंने उससे लिखवा कर लिया था, उसी की हैण्डराइटिंग है। ये देखिए।"

उसके कहने तक में नकुल ने अपना मोबाईल निकाल लिया और पुराने कॉल रिकार्ड खँगालने लगा। एक कॉल पर आकर उसकी अंगुलियाँ रुक गयीं।

उसने रिपोर्ट से नंबर मिलाया और हताश हो गया। फिर क्रॉस चेक करने के नज़रिये से उसने सुमनलता से पूछा-

“और...और ये कार का नंबर? ये भी उसने ही लिखा है”

“हाँ सर! यही तो उसने बताया था।”

“होली शिट!”

“क्या हुआ सर!”

“अगर ये मोबाईल नंबर सही है तो इसका पति मर चुका है।”

“ये क्या कह रहे हैं सर!”

“सही कह रहा हूँ। आज तो नहीं मगर कल इसे बुलाकर मॉर्चुरी में बाईस नंबर लाश की शिनाख्त करा दो।”

“इसका मतलब यह हुआ कि इसका शक ठीक था सर।”

“हो सकता है, लेकिन यह तो तभी पता चलेगा जब ये मालूम चलेगा कि वह कार कहाँ है और कार चलाने वाला कौन था।” नकुल ने अभी बात पूरी ही की थी कि उसके मोबाईल पर अनिल का नंबर चमक उठा।

"हैलो! हाँ अनिल बोलो? नकुल चौंका मगर फिर ख़ुद को संयत रखते हुए उसने अनिल से बात करना जारी रखा।

तुम्हें यक़ीन है? ठीक है, उसका कॉल आने दो और जब कॉल आये तो मुझे कॉन्फ्रेंस में ले लेना। कहकर नकुल ने फोन रख दिया। नकुल को यूँ परेशान देखकर सुमनलता ने पूछ ही लिया-

"क्या हुआ सर, सब ठीक तो है न?"

"अनिल को कोई कार का सुराग़ देने वाला है। And I am sure, कार और क़ातिल का आपस में कोई रिलेशन ज़रूर है।"

कोई गवाह नहीं

अनिल के मोबाईल पर पूरन का नाम चमक उठा। पूरन थाने में जमा पुरानी कारों का टेंडर लिया करता था। उसके पास पूरन का मैसेज आ चुका था लेकिन वो कोई जल्दबाजी दिखाना नहीं चाहता था, सो दोबारा जब रिंग बजी तब अनिल ने फोन उठाया-

"साहब, मैं क्लासिक गराज वाला पूरन बोल रहा हूँ।"

"हाँ पूरन, अभी थाने में पड़ी गाड़ियों के स्क्रैप का टेंडर नहीं आया। आएगा तो बता दूँगा। इसके लिए बार-बार फोन मत कर।"

"नहीं साहब, मैंने उसके लिए फोन नहीं किया। एक ज़रूरी बात कहनी थी।" पूरन ने हिचकते हुए कहा।

"हाँ तो बोल, या उसके लिए भी टेंडर निकलवाऊँ।"

"साहब, मेरे गराज के बाहर एक लावारिस गाड़ी खड़ी है। लगभग दो-तीन दिन से।"

"और तू मुझे अब बता रहा है?"

"साहब, पहले तो मुझे लगा कोई पार्क कर गया होगा। फिर अगले दिन भी जब गाड़ी नहीं हटी तो मुझे लगा कि किसी की गाड़ी ख़राब हो गयी है, कॉन्टेक्ट करेगा लेकिन दो-तीन दिन बीतने पर भी जब कोई नहीं आया तो मुझे लगा कोई गड़बड़ है, इसलिए आपको फोन किया।"

"सुन पूरन, गाड़ी किसी को छूने मत देना, मैं अभी आता हूँ।"

अनिल ने फोन रख दिया और फौरन पूरन के गराज की तरफ निकल गया।

पूरन 50 साल का एक मैकेनिक था, जिसने शहर के बाहर अपना गराज बना रखा था। अक्सर वह थाने में पकड़ी गयी गाड़ियों के स्क्रैप का टेंडर लेता था। वह पुरानी गाड़ियाँ खरीदकर उनकी मरम्मत के बाद उन्हें दोबारा बेचने का काम भी करता था, इसलिए उसके गराज के आगे पुरानी गाड़ियों की लाइन लगी रहती थी। यही सोचकर क़ातिल ने भी गाड़ी वहीं छोड़ी थी, जो फौरी तौर पर तो कारगर साबित हुई थी, लेकिन दो एक दिन में ही पूरन ने भांप लिया था कि यह गाड़ी लावारिस है। पूरन इस धंधे में घुटा हुआ आदमी था। वह जानता था कि जिस शहर में लोग गाली भी मुफ्त में नहीं देते वहाँ कोई गाड़ी मुफ्त में क्यों देगा। यूँ भी पुरानी गाड़ियों को लेकर उसका पाला पुलिस से इतनी बार पड़ चुका था कि वह कोई चांस लेना नहीं चाहता था।

नकुल को आज आईजी साहब से मिलना था। प्रगति की रिपोर्ट देनी थी और अपने आपरेशन के खर्चे की बात भी करनी थी। अभी वह आईजी के ऑफिस के बाहर अपनी बारी का इंतज़ार ही कर रहा था कि अनिल का फोन दुबारा बज उठा। फोन की रिंगटोन सुनकर आई जी साहब के अर्दली का चेहरा रुखा सा हो गया। नकुल ने फ़ौरन फोन को साइलेंट मोड पर किया और आई जी बंगले के बाथरूम की और टहल गया। उसने कॉल रिसीव की और धीमी आवाज़ में ही बोला-

“हाँ अनिल! बोलो?”

“सर, गराज में एक बेनामी गाड़ी पिछले दो दिनों से पड़ी है। शक है कि कोई जानबूझकर उसे वहाँ छोड़ गया है क्योंकि गाड़ी गराज में उस हिस्से से घुसाई गयी थी, जहाँ से बाऊँड्री टूटी हुई थी और तार के कमज़ोर फेंस लगे थे। गाड़ी फेंस को तोड़कर घुसाई गयी है।

"गाड़ी किसके नाम रजिस्टर्ड है?"

"गाड़ी बत्रा की ही है। बलजीत की बीवी के FIR में भी इसी नंबर का ज़िक्र है। अहमद नगर पुलिस स्टेशन में बत्रा ने इस गाड़ी के गायब होने की रिपोर्ट भी दर्ज कराई है।"

"चालाकी दिखा रहा है वह। खैर, ये बताओ, गाड़ी से कुछ सुबूत हाथ लगे।"

"सर, पिछला टायर रिब पैटर्न का है। जिसके हर रिब में मिट्टी फँसी हुई है। ऐसा लगता है कि कई दफा मिट्टी वाले इलाके से गुज़री है। चांसेज तो यह भी हैं कि यह वही गाड़ी हो सकती है, जिसे क़ब्रिस्तान के अटेंडेंट ने देखने का जिक्र किया था।"

"गुड। गराज के मालिक का बयान लो। मैं शाम तक ही पहुँच पाऊँगा। आईजी साहब से अपने स्पाइनल कॉर्ड के ऑपरेशन के बारे में बात करनी है।"

"ठीक है सर, मैं तब तक तक अपनी तफ्तीश जारी रखता हूँ।"

अनिल ने दूसरी ओर से कहा और फिर नकुल मोबाईल साइलेंट कर आईजी साहब के कमरे की ओर बढ़ गया। कमरे के सामने पहुँच कर उसने दरवाज़ा खोलते हुए पूछा-

"May I come in sir!"

"आओ नकुल। I am waiting for you।"

आईजी के कहते ही नकुल चैंबर के भीतर दाखिल हुआ।

"And I think you have some good news for me.. isn't it sir?"

"No.. not exactly Nakul. infact its a bad news. हेड ऑफिस ने मेडिकल ग्रांट की लिमिट बढ़ाने से मना कर दिया है।"

“अबकी दफा क्या एक्सक्यूज है सर?” नकुल ने एक चिढ़ी हुई आवाज़ में ही कहा।

“Its not an excuse Nakul... सच्चाई यही है कि 50 लाख की मेडिकल एडवांस बहुत ज़्यादा है। इन्फैक्ट तुम जानते ही हो कि प्राइवेट हॉस्पिटल से हमारे टाईअप्स कम ही हैं, जहाँ हैं वहाँ की लिमिट मैक्सिमम पांच लाख है, और सरकारी अस्पतालों में तुम्हारा इलाज संभव नहीं है।”

“कोई बात नहीं सर। अगर किस्मत में पुलिस के लिए गोली खाकर बिना इलाज मर जाना ही लिखा है, तो यही सही।”

“ऐसे नाउम्मीद नहीं होते नकुल। मैं कोशिश कर रहा हूँ। पुलिस वेलफेयर फंड से 5 लाख तक का इंतजाम हो जाएगा। तुम कुछ प्रोविडेंट फ़ंड में से निकाल लो।”

“जीरा खाने से ऊंट का पेट नहीं भरता सर। आपका शुक्रिया कि आपने कोशिश की। मैं देखता हूँ क्या कर सकता हूँ। वैसे मैं सेमेट्री वाले केस की अपडेट देने भी आया था। मरने वाले का पता चल गया है

उसका नाम बलजीत कांत था। वह बत्रा ज्वेलरी में अकाउंटेंट था। उसकी बीवी, विद्या ने रिपोर्ट लिखवाई थी। रिपोर्ट में जो गाड़ी नंबर उसने लिखवाया था वह गाड़ी अनिल की रिपोर्ट के अनुसार अभी शहर के बाहर एक गराज से बरामद हुई है।”

“गुड, गाड़ी किसकी थी! चोरी की ही होगी।”

“मकतूल की पत्नी के मुताबिक वह कार, उसे उसके ऑफिस से ऑफिशियल वर्क के लिए ही मिली थी। जो उसे उसके मालिक राघव बत्रा ने दी थी।”

“ठीक है। इस राघव बत्रा को भी नैब करो एंड कीप मी पोस्टेड। Smuggled gold भी एक रीज़न हो सकता है मर्डर का। ये राघव बत्रा स्मगल्ड गोल्ड की खरीदारी का पुराना खिलाड़ी रहा है।”

"राइट सर। मैं ये भी इस एंगल ख्याल रखूंगा।" कहते हुए नकुल उठा उसने एक ज़ोरदार सैल्यूट आईजी की ओर उछाली और ऑफिस से बाहर निकल गया। मेडिकल ग्रांट न मिलने से उसका मन उदास तो था लेकिन उदास होना उसके लिए कोई विकल्प नहीं था। उसने फौरन अपनी मोटरसाइकिल निकाली और शहर से बाहर बने पूरन के गराज की ओर चल पड़ा।

लगभग आधे घंटे मोटरसाइकिल चलाने के बाद नकुल भंगार टोला पहुँचा। अनिल उसका वहीं इंतज़ार कर रहा था। गाड़ी स्टैंड पर लगाते हुए ही नकुल ने अनिल से पूछा-

"तू सुबह से यहीं है?"

"और क्या सर! अपना उसूल है- एक दिन में एक काम। जितना ज़्यादा कूदोगे उतना ज़्यादा चु...", अनिल अभी अपनी अश्लील सी कहावत पूरी करता इससे पहले ही नकुल ने उसे टोक दिया।

"अच्छा-अच्छा रहने दे। ये बता फॉरेंसिक वालों ने कुछ फ़ौरी बताया"।

"नहीं सर, वो तो साले इस तरह की सेक्रेसी मेंटेन करते हैं जैसे हम ही हत्यारे हों।"

"फिर भी कुछ तो पता चला होगा।"

"मोटा-मोटी कुछ बातें निकल कर आयी हैं।

"वही बता दो।"

"कार में मर्डर हुआ हो, ऐसे कोई निशान नहीं हैं।"

"अच्छा! और क्या पता चला?"

"हत्यारा दोहरे बदन का रहा होगा, क्योंकि ड्राइविंग सीट पीछे की हुई थी।" अनिल उस दोहरे बदन के शख्स का मिलना बहुत ज़रूरी है।"

"आपकी तफ्तीश में कुछ बात आगे बढ़ी क्या सर?" अनिल ने पूछा।

"आगे नहीं बढ़ी, उलझ रही है?"

"वो कैसे सर?"

"गाड़ी, बत्रा ज्वेलरी वाले राघव बत्रा की है। मर्डर उसके मैनेजर बलजीत का हुआ है। राघव बत्रा पर इल्जाम भी मैनेजर की बीवी ने लगाया है।"

"यह तो फिर केस ही सॉल्व हो गया सर।" अनिल के ख़ुशी में आदतन एक थाप की ताली बजाते हुए कहा।

अनिल की इस क्लोज एंड शट स्टेटमेंट पर नकुल ने एक छद्म मुस्कान के साथ पूछा-

"अच्छा कैसे! केस कैसे सोल्व हो गया?"

"राघव बत्रा का मैनेजर की बीवी से चक्कर होगा और उसने पति को रास्ते से हटा दिया होगा। सिंपल।" चलते हैं राघव बत्रा को दो ठूंसा देते हैं। आगे की कहानी वही बतायेगा।

"दो बात अनिल। अगर बत्रा और मकतूल की बीवी का चक्कर होगा तो बीवी बत्रा पर केस क्यों करेगी और दूसरी बात राघव बत्रा क्या, अगर कोई कॉमन प्रूडेंस का आदमी भी होगा तो अपनी ही कार से मर्डर प्लान नहीं करेगा।"

"बात में दम तो है सर।"

"इसलिए लगता है कि जिस दिशा में हमारी इन्वेस्टीगेशन जा रही है वहाँ कुछ भी नहीं हासिल होगा। मुझे तो यह भी लगता है की हम इन्वेस्टीगेशन में किसी ओर जा भी नहीं रहे बल्कि हत्यारा हमें उसी दिशा में चला रहा है, जिधर वह ले जाना चाहता है। हत्या होना, लाश का मिलना, और फिर कार का मिलना। ऐसा लगता है जैसे सब पहले से तय किया हुआ है।"

"मेरे पल्लले इन्वेस्टिगेशन नहीं पड़ती सर, बस ऑर्डर्स पड़ते हैं। आप बताएँ आगे क्या करना है।" अनिल ने अपनी कैप उतारकर सिर खुजाते हुए कहा।

"इस गराज वाले से और क्या कुछ पता चला?"

"ज़्यादा कुछ नहीं। कह रहा है कि उसे दो-तीन दिन से लावारिस पड़ी इस गाड़ी को देख कर शक हुआ तो उसने पुलिस को बता दिया।"

"इतनी गाड़ियाँ हैं इसके पास। इसने ज़रूर सीसीटीवी कैमरे लगाए होंगे।"

"लगाए हैं सर लेकिन इसका कहना है कि हार्ड डिस्क भर जाने पर वह उसे अपने वेंडर को ट्रांसफर करने को दे देता है। उसका वेंडर सारा डाटा ट्रांसफर कर बैकअप अपने पास रखता है और फिर डिस्क फ्री कर इसे दे देता है। इसके पास जो डिस्क है उसकी कैपिसिटी लगभग 15 दिन की है।"

"इससे कहो बैकअप आते ही हमें बताए या सीधा थाने लेकर आए।"

"वह ख़ुद ही कह रहा था कि आते ही ले आएगा लेकिन उससे होगा क्या सर!"

"पता नहीं। शायद कुछ हो ही जाए। हवा तो गाड़ी पार्क करके नहीं गयी होगी और जैसा तुम बता रहे हो, मोटे आदमी का एंगल, कोई स्नैप, कोई विजुअल भी मिल जाए तो हम किसी रास्ते पर तो चल सकेंगे। अभी तो हवा में ही इन्वेस्टीगेशन चल रही है।"

"कितनी अजीब दुनिया है न सर? क़ातिल खुला घूम रहा है। शायद हमारे आस-पास ही हो। शायद हमने कभी उससे बात भी की हो। हमारे सामने से ही गुज़र गया हो, लेकिन हम उसका सुराग़ ढूँढ़ रहे हैं। ऐसे में वह जब तक मिल नहीं जाए हम अंधेरे में ही तीर चलाते रहेंगे?"

"मिलेगा। वो कहते हैं न-

क़ातिल ने किस सफ़ाई से धोई है आस्तीं
उस को ख़बर नहीं कि लहू बोलता भी है"

"शायरी की दुकान हैं सर आप! अनिल ने मुस्कुराते हुए कहा।"

नकुल हँसा-

"फ़िलहाल यहाँ से दुकान उठाओ। चलो, थाने चलकर रिपोर्ट फाइल करें और आराम करें। क्या पता क़ातिल भी काम ख़त्म कर आराम फरमा रहा हो।"

क़ातिल को आराम कहाँ होता है। उसे कत्ल करने होते हैं, सबूत मिटाने होते हैं और फिर अगले शिकार की तलाश में निकल जाना होता है। रात का वक़्त और वो भी बारिश का वक़्त अगर हो तो यह अपराधों और अपराधियों के लिए काम पर निकालने का वक़्त होता है। रात अपराध छुपा लेती है और बरसात गुनाह धो देती है। यह रात भी कुछ ऐसी ही थी। बारिश ज़ोरों पर थी।

उसी रात मंडावली के वीरान स्टेशन पर एक दोहरे बदन वाला शख्स पैसेंजर ट्रेन के रुकते ही ध्यान से कुछ देखकर एक खाली बोगी में सवार हुआ। उस बोगी में केवल एक और शख्स हैंडल पकड़े ट्रेन के गेट पर खड़ा था। बारिश का पानी उसके आदमक़द रेनकोट से रिस कर पूरे गेट को गीला किए हुए था। ट्रेन धीरे-धीरे प्लेटफॉर्म छोड़ने लगी थी।

दोहरे बदन वाले मोटे आदमी ने देखा कि उसके हाथ में बीयर की कैन है। दोहरे बदन वाले ने रेनकोट वाले से कहा।

"बारिश में बीयर कौन पीता है?"

जवाब में रेनकोट वाले ने मोटे शख्स हो घूरकर देखा और कैन को ट्रेन की फर्श पर उड़ेल दिया।

"अरे, मैंने तो मज़ाक किया था। आप बुरा मत मानिए।" मोटा शख्स हिचकिचाया, उसे लगा की रेन कोट के पीछे का चेहरा बुरा मान गया है। थोड़ी देर कि चुप्पी के बाद दोहरे बदन वाला आदमी ही फिर बोला-

"आपने कहा था कि कोई कॉल नहीं करना इसलिए मैंने फोन नहीं किया। बाक़ी जैसा आपने कहा था ठीक वैसे ही उसका फोन मैंने नाले में बहा दिया और सिम खा गया। अब तक तो किसी संडास में बह भी गया होगा।"

उस दोहरे बदन वाले आदमी ने हँसते हुए कहा लेकिन उसकी बात पर सामने से कोई प्रतिक्रिया नहीं आयी। थोड़ी देर कि चुप्पी के बाद ट्रेन में आने वाले मोटे आदमी ने ख़ुद ही बात का सिरा आगे बढ़ाया।

"काम में कोई दिक़्क़त नहीं हुई। हाँ, लेकिन क़ब्रिस्तान के चौकीदार ने मुझपर टॉर्च मारी थी।"

इतना कहकर वो चुप हो गया। उसे लगा कि ये सुनकर रेनकोट वाला तिलमिला जाएगा लेकिन ऐसा कुछ नहीं हुआ। उस रेनकोट वाले शख़्स ने अपना हाथ आगे बढ़ाया और उस मोटे आदमी ने एक काग़ज़ निकालकर उसके हाथ में रख दिया। मोटा आदमी आदत के मुताबिक फिर बोला-

"एक बात मेरी समझ में नहीं आयी। उस लिंक में ऐसा क्या था जिसके लिए मर्डर...?"

इतना कहते-कहते वो आदमी रुक गया। उसने रेनकोट वाले के देखने के अंदाज़ से ये महसूस किया कि वह कुछ ज़्यादा ही बोल रहा है।

"खैर, मुझे क्या? मेरा पैसा! मोटे आदमी ने अपने काम की बात की। उस रेनकोट वाले शख़्स ने उसके आगे एक चमड़े का ब्रीफकेस बढ़ा दिया। वो मोटा आदमी ब्रीफकेस लेने आगे दरवाजे की ओर बढ़ा और ब्रीफकेस को उसके हाथों से अपने हाथों में थाम लिया। ब्रीफकेस देकर रेनकोट वाला शख़्स वहाँ से आगे बढने लगा। उसे जाते देख मोटे आदमी ने उसे टोका-

"रुको! पहले देख तो लूँ कि पैसे पूरे हैं भी या नहीं?"

कहकर मोटा आदमी ब्रीफकेस खोलकर देखने लगा। नोटों की गड्डियाँ गिनते वक़्त वो यह भूल गया था कि रेनकोट वाला शख़्स उसके ठीक पीछे आ गया है। दोहरे बदन वाला आदमी चलती ट्रेन के दरवाजे के ठीक सामने खड़ा था और उसकी पीठ रेनकोट वाले आदमी की तरफ थी और उसे अपने दुस्वप्न में भी यह एहसास नहीं था जो अगले ही पल घटित होने वाला था।

मोटा आदमी नोट गिनकर संतुष्ट हुआ और बैग के बटन बंद कर लिए। मगर इस निश्चिन्तता में वह यह देखना भूल गया कि उसके आगे चलती ट्रेन का दरवाज़ा है और उसके ठीक पीछे रेनकोट वाला शख्स। अपने दोनों हाथ रेनकोट की जेब में डाले हुए उस शख्स ने अपना बायाँ पाँव मोटे आदमी की पीठ पर टिकाया और उसके कुछ समझ पाने से पहले ही चलती ट्रेन से बाहर की ओर धक्का दे दिया।

मोटा आदमी बैग समेत चलती ट्रेन के बाहर गिर गया। गिरने से पहले मोटे आदमी को अहसास हुआ कि जो बीयर गिराई गयी थी वह बीयर नहीं थी, वह कोई ल्यूब्रिकेंट था, जो उसके फिसलने के लिए ही गिराया गया था। दोहरे बदन वाला चलती ट्रेन से नीचे गिर गया था लेकिन ये शायद काफी नहीं था। रेनकोट वाले शख्स ने झांककर देखा। उसे लगा कि गिरने वाले में अभी कुछ जान बाक़ी है। उसने ट्रेन रोकने के लिए चेन खींच दी।

चिंचियाती हुई ट्रेन रुक गयी। रेनकोट वाला आदमी धीमे से उसी तरफ उतर आया जिस तरफ दोहरे बदन वाला आदमी गिरा था। ट्रेन से उतरकर उसने ट्रेन को यूँ थपकी दी जैसे कोई अपने घोड़े को आगे बढ़ जाने की आज्ञा देता है। ट्रेन आगे बढ़ गयी। बारिश के बीच वीरान रात में झींगुरों के शोर के अलावा अब वहाँ बस दो आदमी रह गए।

रेनकोट वाला शख्स, दोहरे बदन वाले उस आदमी के पास गया जिसका सिर तरबूज की तरह फट चुका था। मगर ऐसा लग रहा था कि उसकी साँस अभी चल रही है।

रेनकोट वाला कोई चांस नहीं लेना चाहता था। उसने दोहरे बदन वाले आदमी का पैर पकड़कर घसीटना शुरू किया और उसे दुबारा उसी रेलवे ट्रैक के बीचों बीच लिटा दिया। मोटे आदमी को उठाकर ट्रैक तक ले जाने में उसकी साँसे फूल गयीं। ब्रीफकेस हाथ में लिए वह थोड़ी दूर ऊंचे टीले पर बैठकर अपनी साँसे संयत करने लगा।

मगर वह वहाँ अपनी साँसे संयत करने नहीं बैठा था। उसे इन्तजार करना था। आधे घंटे बाद आने वाली एक्सप्रेस ट्रेन का इंतज़ार। एक एक्सप्रेस ट्रेन ठीक समय पर आयी और मोटे आदमी के शरीर से गुज़रती हुई निकल गयी। अब वहाँ न कोई मोटा था, न कोई देह। खून और मांस के मलीदे इधर-उधर बिखरे पड़े थे।

रेनकोट वाला आदमी जब निश्चिंत हो गया कि कोई सबूत नहीं बचा तब वह जाने के लिए उठ खड़ा हुआ। अभी वह कुछ कदम ही चला होगा कि उसे अचानक कुछ याद आया। वो फौरन लौटकर आया और ट्रैक पर कुछ ढूँढने लगा। वो हैरान परेशान होकर इधर-उधर लगभग दस मिनट तक कुछ ढूँढ़ता रहा। अचानक ही आस-पास की घास में कुछ सरगोशी हुई। वो रेनकोट वाला आदमी अलर्ट हो गया और किसी मुसीबत में न पड़ जाये ये सोचकर कुछ हताशा और खीझ में वापस लौट गया। घास के बीच से एक कुत्ता निकला और ट्रैक पर पड़े मांस को सूंघने लगा।

रेनकोट वाला आदमी कोई सबूत छोड़कर जा चुका था, ऐसा कुछ जिसे उसे साथ ले जाना चाहिए था।

बहरहाल, अब वहाँ न तो चमड़े का कोई बैग था और न रेनकोट वाला कोई आदमी।

शक

मोर्चरी, मुर्दाघर या चीरघर जो भी नाम दिया जाए, आखिर में एक ख़ामोश शहर है, जहाँ जाकर सब ख़ामोश हो जाते हैं, केवल विज्ञान ही बोलता है। आज नकुल ही मॉर्निंग शिफ्ट में था। चूँकि वो इस केस की जाँच से जुड़ा हुआ था इसलिए आज बलजीत की शिनाख़्त के लिए विद्या और सुमनलता के साथ उसे ख़ुद ही आना पड़ा। दूसरा कारण यह भी था कि पैथोलॉजिस्ट आज मोर्चरी में ही मौजूद था। नकुल को उससे कुछ जवाब जानने थे। सरकारी जीप आकार मोर्चरी मे लगी ही थी कि विद्या मोर्चरी देखकर विचलित-सी हो गयी -

"ये आप मुझे कहाँ ले आयीं। आपने तो कहा था कि हॉस्पिटल जाना है।"

"हाँ तो ये भी एक हॉस्पिटल ही है। राजी मन से भीतर चल।" सुमनलता ने अपने स्वभाव के अनुसार ही रुखाई से कहा।

"मुझे नहीं जाना भीतर आप मेरे साथ जबरदस्ती नहीं कर सकतीं। इंस्पेक्टर साहब! आप इन्हें समझाते क्यों नहीं!" विद्या विचलित-सी दिखी और अब उसके आँखों में भय साफ़ था।

"विद्या, कोई जबरदस्ती नहीं है। यह एक रूटीन वर्क है। एक बॉडी मिली है और उसी रोज मिली है, जिस रोज तुम्हारे पति गायब हुए थे। घबराने की बात नही है क्योंकि उस रोज तो 21 आदमी के गायब होने की रिपोर्ट है। ज़रूरी नहीं की जिसकी शिनाख़्त के लिए हम आये हैं वो बलजीत ही हो और जितनी जानकारी मुझे है, उस लिहाज से भी वह बलजीत नहीं हो सकता। बस यही बात तुमसे कन्फर्म करानी थी।" नकुल ने समझाईश के साथ अपनी बात ख़त्म की और सुमनलता की ओर मुड़ा-

"सुमन, इन्हें पहले उधर ले जाकर कपड़े की शिनाख्त करा दो। हो सकता है कपड़े देखकर ही इनके मन को थोड़ी राहत मिल जाये। ये पर्ची ले लो और इन्हें दाहिनी तरफ वाले, दूसरे कमरे में ले जाओ। पहले कपड़े दिखाना उसके बाद ही दूसरे ज़रूरी सामान। मैं ज़रा पैथोलॉजिस्ट, मिस्टर मुंशी से मिलकर आता हूँ।"

यस सर! कहकर सुमनलता विद्या को लेकर दाहिनी ओर मुड़ गयी और नकुल बाईं ओर बने पैथोलोजिस्ट के केबिन में घुस गया। कमरे में जाने से पहले उसने मुंशी को किसी फ़ाइल में घुसे हुए देखा। वो रुक गया और शिष्टाचारवश पूछा-

"मे आई कम इन सर!"

"मोर्चरी दाहिनी ओर है। सर्टिफिकेट भी वहीं से मिलेंगे।" केबिन में बैठे पैथोलॉजिस्ट मिस्टर मुंशी ने बिना ऊपर देखे ही कहा।

"मुझे सर्टिफिकेट नहीं, आपसे ही मिलना है डॉक्टर साब। मैं इंस्पेक्टर नकुल, फ्रॉम राजीवनगर पोलिस स्टेशन।"

"आप इंवेस्टिगेटिंग विंग से हैं, फिर आपको परमिशन की क्या ज़रूरत है। मोर्चरी को तो आप लोग अपने बाप का घर समझते हैं और डॉक्टर को नौकर।" पैथोलोजिस्ट मिस्टर मुंशी ने बहुत ही रुखाई से कहा।

"मालूम पड़ता है डॉक्टर साब हमारे डिपार्टमेन्ट के सताये हुए हैं।"

"इस देश मे कौन आपका सताया हुआ नहीं है साहब! लोग गुंडों से मकान खाली करवाने के लिए और बड़े गुंडे के पास जाते हैं। पुलिस के पास नहीं आते। कभी सोचा है आपने?"

"वह इसलिए कि लोग पेपर वर्क से डरते है। ज़्यादातर लोगों के डॉक्युमेंट्स ही सही नहीं होते इसलिए पुलिस के पास आने से हिचकिचाते हैं। गुंडे पेपर्स नहीं माँगते सर।"

"और आप पैसे और पेपर्स दोनों माँगते हैं इसलिए लोगों को गुंडों के पास जाना ज़्यादा आसान लगता है।"

"डॉक्टर साहब, यह हम पर ज़्यादती है। थोड़ा बहुत ऊँच-नीच हर डिपार्टमेन्ट मे हैं। फिर भी अगर आपको मेरे डिपार्टमेन्ट से शिकायत हैं तो मैं उसके लिए माफी मांगता हूँ।"

"काम की बात करें!"

"जी, मैं दरअसल बलजीत के पोस्टमार्टम के बारे में कुछ मालूमात हासिल करना चाहता हूँ।"

"वो सेमेट्री हाउस वाला सबजेक्ट?"

"एक्जेक्ट्ली वही।"

"उसे दो गोलियाँ लगी थीं और दोनों ही फैटल थीं। यह कहना भी मुश्किल है कि किस गोली से मौत हुई होगी। एक गोली सिर में लगी जिसने हार्ट बीट और ब्रीदिंग के सेंटर को डैमेज किया है और दूसरी गोली छाती में लगी जिसने हार्ट को परफ़ोरेट कर दिया है। जिसके कारण इतना खून बहा है। अब क्योकि मौत का रीज़न हेमोरेज है इसलिए यह मान लो कि दूसरी गोली से ही मौत हुई।"

"मर्डर वीपन क्या था डॉक्टर!"

"यहाँ मामला थोड़ा अजीब है। देखो! स्कल वुण्ड्स की एक्ज़िट होल डेढ़ इंच की है, इसका मतलब है कि 45 बोर की रिवाल्वर रही होगी। स्कल वाली गोली तो बाहर निकल गयी लेकिन छाती मे मारी गयी गोली फँस गयी और वो 38 बोर की है।"

"लेकिन ऐसा क्यों होगा डॉक्टर। क़ातिल क्या मकतूल पर गोलियाँ टेस्ट करने आया था कि कभी इस रिवॉल्वर से कभी उस रिवाल्वर से गोली चलाई।"

"यह तुम जानो। इंवेस्टिगेटिंग ऑफिसर तुम हो। हालाँकि मेरे पास तुम्हारे इस अहमकाना सवाल के भी कई लॉजिकल जवाब मौजूद हैं।"

"एन्लाइटेन मी विथ ए कपल ऑफ़ आंसर्स।" नकुल ने मुस्कराहट ओढ़ते हुए पूछा।

"पहला तो यह कि पहली गोली मारने के बाद, दूसरी गोली फँस गयी हो। तो हत्यारे ने दूसरी बंदूक इस्तेमाल की हो और दूसरा यह कि हत्यारे ने एक साथ दो वीपन्स का इस्तेमाल किया हो। दोनों हाथों से।"

"क्वाइट पॉसिबल। डॉक्टर आप क्या मुरदों मे ज़िंदगी खपा रहे हैं व्हाय डोंट यू जॉइन अस।"

"नहीं, मैं पूर्व जन्म में विश्वास करता हूँ और सोचता हूँ कि जितने पाप किए होंगे उस लिहाज से यही काम ठीक है। कम से कम झूठ तो नहीं बोलना होता। तुम्हारी जगह आऊँगा तो यह तो करना ही पड़ेगा, झूठ का बोझ अलग लाद लूँगा। खैर मेरी छोड़ो ये बताओ, तुम्हें पहले कभी नहीं देखा।" मुंशी ने नकुल से ही लौटता सवाल किया।

"इस काम के लिए अक्सर मैं अपने जूनियर अनिल को भेज देता हूँ या किसी और को, लेकिन अबकी दफा मामला थोड़ा पर्सनल... ।"

नकुल ने अभी इतना ही कहा था कि उसे विद्या के ज़ोर-ज़ोर से रोने की आवाज़ सुनाई पड़ी। वो समझ गया कि विद्या ने बलजीत की शिनाख़्त कर ली है। वह थोड़ी देर के लिए बात से विचलित हुआ। उसने अपनी पेशानी को हाथों से रगड़ा और चुप हो गया। उसे चुप देखकर डॉक्टर मुंशी ने ही पूछा-

"इन दिस सब्जेक्ट बलजीत हैव एनी रिलेशन विथ यू?"

"नो नो, नॉट एग्ज़िक्ट्ली डॉक्टर। एक्चुअली इस केस मे पहले दिन से जुड़ा हूँ इसलिए और इस औरत को काफी ढाढ़स बंधाकर लाया था इसलिए थोड़ा इमोशनल हो गया। नथिंग टू वरी।"

"Emotions are not supposed to come in your investigation।"

"I perfectly know that doctor। Tell me one thing, is there any bruise, bite, Laceration mark on the body?"

"हाथ और पाँव पर हैं। मगर वो झगड़े या बचाव मे नहीं हुए हैं। वो बॉडी को हाथ और पाँव की तरफ से घसीटे जाने के कारण ज़मीन की रगड़ से हुए हैं। इस लिहाज से ये मान सकते हो कि कोई हाथपाई नहीं हुई होगी। मरने वाले ने हत्यारे के सामने एकदम से सरेंडर कर दिया होगा।"

"फिंगर प्रिंट्स तो नहीं होगी?"

"नहीं मगर ग्लोव प्रिंट हैं। हत्यारे ने चालाकी तो बहुत की मगर लाश की खींचते समय हाथ मे आए पसीने और नेचुरल ग्रीसिंग से वह ग्लोव प्रिंट छोड़ गया है।"

"दैट्स नाइस। चलिये कुछ तो क्लू मिला। ग्लोव प्रिंट की रिपोर्ट कब तक मिल जाएगी"

"उसमें वक़्त लगेगा। क्योकि वो यहाँ से डिटेक्ट नहीं होगी, उसे हैदराबाद भेजना होगा। इसलिए पंद्रह बीस दिन तो मान कर चलो। हाँ अगर ऊपर से कोई अप्रोच लगवा पाओ तो जल्द भी निकल आएगी।"

"ऊपर का कोई अप्रोच होता तो पहले अपने लिए ही लगवाता डॉक्टर साहब। खैर एक आखिरी सवाल! आँखों के विटरस ह्यूमर से कुछ पता चला!"

"वेरी स्मार्ट एंड आई मस्ट से, नॉलेजिबल। कहाँ चोरो-लुटेरों मे फँसे हो, हमें जॉइन कर लो।"

"ऐसी बात नहीं डॉक्टर साहब। बस पढ़ते वक़्त फॉरेंसिक मे एक छोटा-सा डिप्लोमा कर लिया था इसलिए थोड़ी बहुत जानकारी है।"

"क्या जानना चाहते हो। यही न कि मरते वक़्त आँखों का पोटैशियम लेवल कितना था। ताकि यह जान सको कि गोली अचानक मारी गयी या फिर मरने वाले को पता था कि वह मरने वाला है।"

"जी बिलकुल यही। दरअसल मैं यह इनफेरेन्स निकालना चाहता हूँ कि मरने वाला हत्यारे को जानता था या नहीं।"

"नहीं पता चलेगा। क्योंकि गोली ने एक आँख बुरी तरह डैमेज की है और दूसरे में पोटेशियम लेवल डिटेक्टेबल ही नहीं है।"

डॉक्टर अभी अपनी बात पूरी कर कुछ और बताने जा ही रहा था कि पीछे से सुमनलता आती दिखाई दी। उसने आते ही कहा-

"सर जी! ये तो बॉडी देखते ही धान की बोरी हो गयी है। एक जगह पड़ गयी है। क्या करूँ?"

"उसे शॉक लगा है। ऐसा करो, इसे हमारी जीप मे इसके घर छोड़ आओ। "

"ओके लेकिन आप सर जी!"

"मैं ज़रा मोर्चरी के प्रोसीजर निपटा कर आता हूँ। फिर बलजीत का क्रियाक्रम भी तो करवाना होगा। उसकी पत्नी विद्या कह रही थी कि उसका कोई नहीं है। तुम उसे लेकर निकलो और उसे घर पहुँचा कर ऑफिस जॉइन करो।"

जी सर। कहकर सुमनलता विद्या को लेकर निकल गयी। दरअसल मोर्चरी प्रोसीजर मे ज़्यादा समय नहीं लगना था। बात यह थी कि नकुल, विद्या के चीखने चिल्लाने को अवॉइड करना चाहता था। उनके जाते ही नकुल भी डॉक्टर से इजाजत लेकर बाहर निकल आया। वह बाहर आया ही था कि उसका मोबाईल घनघना उठा।

"हेलो!"

"नकुल साहब! जीआरपी से शर्मा बोल रहा हूँ।" फोन रेलवे पुलिस का था।

"बोलिए शर्मा जी, कैसे याद किया।" नकुल ने रेलवे पुलिस वाले शर्मा को पहचनाते हुए कहा।

"हम पुलिस वाले एक दूसरे को या तो जन्मदिन पर याद करते हैं या फिर किसी के मरने पर।"

"तो फिर जन्मदिन मुबारक हो।"

"छोड़िए साहब! एक लाश मिली है पटरी पर। संभावना है कि आपके थाना क्षेत्र का आदमी है। अब केस तो जीआरपी ही देखेगी लेकिन काग़ज़ी कार्यवाही के लिए आना पड़ेगा आपको।"

"हाजिर हो जाते हैं थोड़ी ही देर में।"

कहते हुए नकुल ने अपनी गाड़ी मंडावली की ओर मोड ली। पिछले कुछ दिनों से घटनाएँ इतनी तेज़ी से घट रही थीं कि उसे आराम का वक़्त ही नहीं दे रही थीं, जबकि नकुल को आराम की सख्त ज़रूरत थी। आज भी जब वह मंडावली जीआरपी थाने पहुँचा तो रेलवे पुलिस वाले रिपोर्ट बना कर उसी का इंतज़ार कर रहे थे। उसने जीआरपी वाले शर्मा को देखते हुए पूछा-

“अब किसे मार दिया शर्मा जी?”

“मारने वाले हम कौन साहब! मारने वाला ऊपर बैठा है।”

“वह तो बचाने वाला है।” नकुल ने अपनी गाड़ी से उतर कर शर्मा से हाथ मिलाते हुए कहा।

“मारने वाला, तारने वाला, बचाने वाला...सब वही है।” शर्मा बातूनी क़िस्म का वैसा आदमी था जो बाल की खाल निकाला करते हैं। नकुल जल्द ही समझ गया कि इसकी बातों की लच्छेदारी में फँसने से वक़्त ही बर्बाद होगा, इसलिए उसने फ़ौरन ही मुद्दे की बात की।

“खैर, ये बताएँ आपके मारने, बचाने वाले ने अबकी किसे चुन लिया है।”

“पता नहीं सर? कुछ बचा हो, तब तो शिनाख्त हो?”

“मतलब! मैं कुछ समझा नहीं।”

“जान देने वाला इस तरह गया कि हाथ के अलावा कुछ बचा ही नहीं।”

“यह सही कही शर्मा जी! जब कुछ बचा ही नहीं, तो आपको ये कैसे पता चला कि केस मेरे थाने का है।” नकुल ने तंज भरे लहजे में कहा।

"सर! लाश का एक कटा हाथ मिला है जिस पर नाम गुदा है- बलजीत।"

"क्या...! बलजीत।" नाम सुनकर नकुल यूँ चौका जैसे उसने अपने दांतों के बीच कोई बिजली का नंगा तार ले लिया हो।

"जी सर, पता चला इस आदमी के गुमशुदगी की रिपोर्ट आपके थाने में दर्ज कराई गयी थी। इसलिए आपको तकलीफ दी"

"हाँ, मगर अभी तो आपने कहा कि शिनाख्त मुश्किल है। हाथ के अलावा कुछ मिला है?"

"यही तो पेंच है सर। लाश के तीन हाथ मिले हैं।"

"क्या! तीन हाथ? अब ये क्या सूतियापा है। यह कैसे पॉसिबल है।"

"यही तो समझ नहीं आ रहा सर। हम भी इसी में सर फोड़ रहे हैं।"

"कहाँ हैं हाथ और बाक़ी बॉडी। चलो दिखाओ।"

"बाक़ी बॉडी तो बेलचे से उठानी पड़ी है सर। मलीदे के अलावा बस हाथ और पाँव मिले, जो ये रहे।"

कहते हुए शर्मा ने पॉलीथीन में रखे कुछ बॉडी पार्ट्स सामने रख दिए। शरीर का सचमुच मलीदा ही बचा था। हाँ, लाश के साथ तीन हाथ ज़रुर दिख रहे थे। लाश का यह हाल देखकर नकुल का जी मितला सा गया। वह थोड़ी देर के लिए वहाँ से हट गया। कुछ देर आकाश में शून्य को निहारता रहा। उसे न जाने क्यों इस लाश को देखकर यह एहसास हो आया कि जल्द ही अगर उसका ऑपरेशन नहीं हुआ तो वह भी किसी दिन लाश ही बन जाएगा। बहरहाल उसने पास ही लगे नलके से पानी अपने हथेली पर लेकर अपने चेहरे पर छींटे मारे और फिर रुमाल से चेहरा साफ़कर लाश की हालत देखकर बुदबुदाया-

हर तरफ खून ही खून, ना कोई रोने वाला
आदमी अब गोश्त है, क्या लाश उठाई जाये

शर्मा उम्र के उस हिस्से में पहुँच गया था जहाँ उसे शायरी से ज़्यादा कीर्तन समझ में आती थी, फिर भी उसने शेर खाली हाथ नहीं जाने दिया और दाद देते हुए ही बोला-

"सर शायरी भी उसी तरह नहीं समझ आई जिस तरह यह किस्सा समझ नहीं आया। लाश के तीन हाथ कैसे।"

"अगर मैं तुक सही जोड़ पा रहा हूँ तो बात मेरी समझ में आ रही है शर्मा जी। ये कटा हुआ हाथ जिसपर बलजीत गुदा है, इस लाश का नहीं है।" लाश को देखते हुए नकुल अभी और कुछ कहने ही जा रहा था की बातूनी जीआरपी इंस्पेक्टर शर्मा ने कहा -

“आप ठीक सोच रहे हैं सर। ये नाम गुदा हुआ हाथ इस बॉडी का नहीं है। इसके घाव पुराने हैं और हाथ किसी तेज़ धारदार हथियार से काटा गया लगता है। ट्रेन से कटा होता, तो इस तरह सर्जिकल कट नहीं होता लेकिन सोचने वाली बात ये है कि बलजीत के हाथ का टुकड़ा यहाँ कैसे आया।”

“कई बातें हो सकती हैं शर्मा जी। पहली ये कि यहाँ इसे कोई मारकर इस तरह फेंक गया हो जिससे लाश की कोई शिनाख्त न हो पाये और यह हाथ का टुकड़ा कोई जानवर यहाँ तक लेकर आया हो लेकिन जब उसे लाश का गोश्त दिखा हो तो हाथ छोड़ कर लाश के गोश्त पर लगा हो।”

“यह पॉसिबल है सर! क्योंकि जब हम यहाँ आए तो पाँच-सात कुत्ते लाश पर झुके हुए थे।”

“हाँ! मगर उस केस मे आसपास और लाश मिलनी चाहिए जिससे बलजीत का हाथ काटा गया हो। यहाँ के थाने को इन्फॉर्म कर दीजिये कि वो दूसरी लाश ढूँढें।”

“ठीक है सर और क्या पॉसिबिलिटी हो सकती है?”

“अरे पॉसिबिलिटी सुनने में इतनी क्या दिलचस्पी है शर्मा जी। आप शायरी सुनें।”

“शायरी भी सुन लेंगे लेकिन आप जितनी पॉसिबिलिटी बताएँगे उतना जाकर हमे बड़े साहब को सुना देंगे। उन्हें भी लगेगा की हम भी कुछ दिमाग रखते हैं। वरना हमें तो यही लाश उठाने-उठवाने वाला काम मिलता है।”

"हम सब की एक ही गति है शर्मा जी। तो दूसरी संभावना ये है कि यह कोई सनकी हत्यारे का काम हो जो हमसे खेलना चाह रहा हो। वह कोई क्लू छोड़ रहा हो जिसके जरिये हम उस तक पहुँचें या उसके मकसद तक पहुँचे।"

"अगर ऐसा हुआ तो इस लाश के कुछ बॉडी पार्ट्स भी किसी दूसरी लाश के पास मिल सकते हैं।"

"बिलकुल ठीक! अगर आगे भी ऐसे ही मर्डर दिखते हैं तो इस बात पर आगे बढ़ा जा सकता है कि यह किसी सीरियल किलर का काम है।"

"और कोई पॉसिबिलिटी।"

"है एक और पॉसिबिलिटी जो मुझे अभी नज़र आ रही है वो ये कि क़ातिल कैनिबल हो। मुर्दा खाने वाला। इसकी संभावना हालांकि कम है मगर तंत्र मंत्र से मारे इस देश में इससे भी इंकार नहीं किया जा सकता।"

"अब आपकी बातों से मुझे डर लग रहा है सर। आप कितना कुछ जानते हैं।" शर्मा के चेहरे पर परेशानियाँ सचमुच झलक आयी थी।

"इसलिए ज़्यादा भी नहीं जानना चाहिए। इसी बात पर लो एक शेर सुनो-

ऐ अक़्ल नहीं आएँगे बातों में तेरी हम
नादान थे नादान हैं नादान रहेंगे

"हाँ ये सही है सर। अपने लेवल की। अपने काम की।" शर्मा ने हाथ पर हाथ मारते हुए कहा।

"चलता हूँ शर्मा जी। पोस्टमॉर्टम रिपोर्ट आए तो मुझे ख़बर करना।” कहते हुए नकुल अपनी गाड़ी की तरफ टहल गया।

“ज़रूर सर। एक कॉपी भी तो आपको देनी होगी लेकिन एक कप चाय तो पीकर जाइए।”

"शुक्रिया, फिर कभी। अभी मुझे निकलना होगा।"

नकुल जो अब कुछ-कुछ बात समझ रहा था, वहाँ से निकल जाना चाहता था। उसने अपने आठ साल के करिअर में बहुत सी लाशें देखी थीं लेकिन ऐसी जघन्य हत्या देखकर उसे उबकाई आ रही थी। वह समझ रहा था कि बलजीत के मर्डर का इस मर्डर से भी कुछ संबंध है लेकिन वो ये बात जीआरपी पर ज़ाहिर नहीं होने देना चाहता था, इसलिए उसने जीआरपी से चुपचाप रिपोर्ट ली और लौट गया।

मंडावली से लौटकर भी नकुल को चैन नहीं था। वह अपनी कुर्सी पर आँखें बंद किए पड़ा धुएँ के छल्ले छत की ओर उड़ा रहा था। उसके ठीक सामने बैठा अनिल किसी खुलासे के इन्तजार में देर से उसका मुँह ताके जा रहा था। जब नकुल की ख़ामोशी अनिल के लिए असह्य हो गयी तो अनिल ने टोका -

"सर निकोटिन भी सीधा दिमाग पर असर करती है आपको इस हालत में ज़्यादा सिगरेट नहीं पीनी चाहिए।"

अनिल के अचानक ही बोल पड़ने से नकुल की तंद्रा टूटी उसे यह भी एहसास हुआ की उसे बंद कमरे में इस तरह सिगरेट नहीं पीनी चहिये। उसने आखिरी लम्बी कश खिंची और सिगरेट एश ट्रे में कुचलता हुआ बोला -

"समझता हूँ अनिल। मगर एक तो अपनी हेल्थ दूसरा यह केस। इस केस ने ज़्यादा परेशान कर दिया है। मेरा तो दिमाग ख़राब हो गया है। लगता है कि फट ही जायेगा।"

"क्यों, क्या हुआ सर? कोई नई बात पता चली क्या! आप रेलवे ट्रैक पर मिली लाश के बारे में तो इतना ज़्यादा नहीं सोच रहे।"

"हाँ अनिल वहीं। उसी केस ने दिमाग हिला दिया है। अपने पास दो-दो लाशें हैं और इन मर्डर के रहस्य की डोरी आपस में ऐसी उलझी है कि कोई सिरा पकड़ में नहीं आ रहा है।"

"अरे सर जी, आप कुछ ज़्यादा ही भीतर घुस रहे हैं। शायद इसलिए कि उस रात जो कॉल आपको आयी थी आप उसे ही मकतूल समझ रहे हैं। जबकि

यह आपका अजम्पशन है। ऐसा हो भी सकता और नहीं भी हो सकता। आप तो शायरी-वायरी कीजिये, वैसे मेरी नज़र में ये एक ओपेन एंड शट केस है।"

"अच्छा कैसे? ज़रा हमें भी बताओ हमसे क्या समझने में चूक हो रही है। मगर उससे पहले ये बताओ कि क्या बलजीत की पोस्टमॉर्टम रिपोर्ट आ गयी?

"हाँ सर, आ गयी है। उसकी मौत गोली लगने से हुई है। दूसरी गोली से मौत हुई। दूसरी गोली नजदीक से चलाई गयी थी।"

"कितने नजदीक से?"

"काफी करीब से। जख्मों के आस-पास बारूद से जलने के निशान भी पाए गए थे। इसका जो मतलब मैं निकाल पा रहा हूँ वो ये है कि क़ातिल और बलजीत एक दूसरे को पहचानते थे। दोनों साथ ही होंगे और बलजीत को इस बात की भनक नहीं होगी कि क़ातिल उसका खून कर देगा।"

"नहीं। ऐसा होता तो बलजीत मुझे फोन नहीं करता। उसे पता था कि क़ातिल उसी की तलाश में है और उसे ढूँढ रहा है। अगर गोली इतनी नज़दीक से मारी गयी है तो इसका मतलब है कि क़ातिल ने बलजीत को ढूँढ लिया था। खैर, गोलियों की दिशा के बारे में कुछ पता चला पोस्ट्मार्टम रिपोर्ट से? यानी जब बलजीत को गोलियाँ मारी गयीं, तो गोलियाँ चलाने वाला सामने था या दाएँ-बाएँ?"

"नहीं सर। ये तो बता पाना मुश्किल है।" अनिल ने बेचारगी से कहा।

"डॉक्टर का इस बारे में क्या ख्याल है?" नकुल ने कोई माकूल जवाब न आता देखकर पूछा-

"उनका कहना है, गोलियाँ लगने के बाद बलजीत सिर के बल गिर गया था। सर के बल गिरने के बाद ही दूसरी गोली एक दम पॉइंट ब्लैंक से मारी गयी। उन्होंने ये भी बताया कि उसे दूर तक घसीटा भी गया था।"

मतलब फॉरेंसिक रिपोर्ट से भी क़ातिल का कुछ ठोस पता नहीं ही लग पा रहा। बड़े शातिर खिलाड़ी से पाला पड़ा है अबकी बार। अपने पेन के पिछले

हिस्से को मेज पर ठोकते हुए नकुल बोला। वह कुछ देर के लिए एकदम चुप हो गया और फिर अचानक ही कुछ याद कर बोला-

"अनिल! तुमने तो कार भी जब्त कर ली थी न! उसके बारे में फॉरेंसिक वालों की क्या रिपोर्ट आई है। क्या कार पर कोई निशान मिला है। मतलब कार के शीशे, कार के हैंडल, कार के फुट मैट इत्यादि पर क्या कुछ मिला?"

"नहीं सर, सारी चीज़ों को रगड़कर साफ़ कर दिया गया था। किसी भी तरह के सिंथेटिक रिमूवर का इस्तेमाल नहीं किया गया है। डॉक्टरों का अनुमान है कि हत्यारे ने किसी नैचुरल या ऑर्गेनिक रिमूवर का इस्तेमाल किया है। कुल मिलाकर हत्यारे ने कोई सबूत नहीं छोड़ा है।"

"हत्या का वक़्त क्या रहा होगा? रिगर मोरटीस तो नहीं था?"

"रात करीब आठ बजे। दस मिनट इधर या उधर। नहीं सर! रिगर मोरटीस के तो यूँ भी चांसेस कम थे। किसी भी तरह कि कोई अकड़न नहीं थी। याद है जब हमने लाश देखी थी तब भी लाश ताज़ा ही थी। तकरीबन दो तीन घंटे पहले की।"

"तो मेरे भाई, तुमने किस बिना पर इसे ओपन एंड शट केस कह दिया?" एक हारी हुई हँसी हँसते हुए नकुल ने अनिल पर तंज़ किया।

"सर! बहुत सिंपल है। कोई रॉकेट साइंस नहीं। सुनिए। बलजीत के ख़ूनी ने बलजीत को मारा। उसका हाथ काटा और निकल गया। ख़ूनी किसी काम से ट्रैक पार कर रहा था। नशे में होगा। ट्रेन आ गयी। अंदाज़ा नहीं लगा पाया और कट गया। उसकी लाश ट्रक पर मिली और बलजीत का हाथ छिटक कर दूर जा गिरा। इसलिए ही जीआरपी को वहाँ तीन हाथ मिले कहानी ख़त्म।" अनिल ने पूरी बात एक साँस में बतायी।

"बिलकुल। कहानी ख़त्म। क्योंकि यह एक कहानी ही है। जो सुनने मे किसी पल्प मर्डर मिस्ट्री की तरह लगती है मगर यह सच्चाई नहीं है। नकुल ने अब

भी पेन की नोक मेज पर ठोकते हुए कहा। अपनी बात काटे जाने पर अनिल थोड़ा बिफर सा गया और उसी तैश में उसने नकुल से कहा -

"क्यों सर! इस थ्योरी में कोई झोल है?"

"झोल नहीं कपोल है। कपोल कल्पना।"

"साबित कीजिए।"

"देखो, तुम्हारी थ्योरी पर ही भरोसा कर के चलते हैं तो भी अगर खूनी ट्रैक पार कर रहा था और उस वक़्त ट्रेन आ गयी और वो कट भी गया तो भी उसके बॉडी का कोई पार्ट तो साबूत बचना चाहिए। क्योकि बॉडी कटती पहिये से है और दबती इंजन से है। तुमने ट्रेन से कटने के केसेस देखे हैं?"

"बिलकुल।"

"ट्रेन से कटने वाले केसेज में मरने वाला किसी भी तरह से लेटे, चाहे वर्टीकली या होरिजोंटली, उसके बॉडी का कुछ पार्ट मिलता ही है। जैसे अगर सिर भी पटरी पर रख देता तो पाँव या हाथ मिलेगा।"

"हाथ तो मिले ही हैं सर।"

"मगर बाक़ी पार्ट। इस लाश को जिसे तुम बलजीत के खूनी का बता रहे हो, बाक़ी कोई पार्ट नहीं मिला, यूँ लग रहा है जैसे किसी ने उसकी लाश का गट्ठर बना कर इंजन के आगे डाला हो ताकि पहिये की बजाए इंजन के दबाव से लाश का मलीदा बन जाये।

"एक मिनट! एक मिनट! क्या आप ये कहना चाहते हैं कि अब कोई तीसरा भी है जिसने ट्रैक वाली बॉडी का खून किया है?" अनिल ने अचरज से पूछा।

"मैं बिलकुल यही कहना चाहता हूँ। अगर मैं सही समझ पा रहा हूँ। तो क़ातिल ने पहले बलजीत के क़ातिल को मारा। फिर उसकी लाश का गट्ठर बनाया और फिर पटरी के आगे डाल दिया या फिर उसके पास काफी समय था। उसने लाश को दो या तीन दफा आने वाली ट्रेनों के आगे डाला जिससे लाश का कोई भी हिस्सा न मिले पाये।"

“चलो इतना तो आप मानते हो न कि बलजीत और ट्रैक वाली बॉडी का कोई कनेक्शन है।” अनिल ने आखिरकार अपनी बात में सच्चाई का अंश ढूँढने की दलील दी।

“फ़िलहाल सबूत उसी तरफ इशारा कर रहे हैं और हमारे पास दूसरा कोई चारा भी नहीं है तो बेस्ट पॉसिबल ऑप्शन इसी को मानकर आगे बढ़ते हैं।”

“आप आगे मत बढ़े सर। ये काम मुझे सौंप दें, वैसे भी आपको आराम करना चाहिए। आपको बेहोशी के अटैक आते रहे हैं। यह केस वैसे भी आपके हेल्थ के लिए ठीक नहीं है।”

“थोड़ी देर हो गयी है अनिल। बड़े साहब ने यह केस मुझे ऑफिशियली सौंप दिया है। तुम्हें साथ रहने को कहा है। कल तक तुम्हें लेटर भी आ जायेगा। वैसे भी मैं ये केस करना चाहता हूँ। मुझसे यह गिल्ट नहीं जांता कि बलजीत मेरी वजह से मरा और उसकी बीवी थाने में मारी-मारी फिर रही है।"

“पुलिस वालों को गिल्ट में नहीं आना चाहिए सर। ज़िंदगी मुश्किल हो जाती है। आपको तो उस बच्चाबाज भड़वे शकूर को मारने में भी गिल्ट फीलिंग हो रही थी, जिसने जाते-जाते भी आपकी ज़िंदगी जहन्नुम कर दी। याद है, उसके एनकाउंटर के लिए भी कितनी मिन्नतों के बाद आप तैयार हुए थे।”

“हम एक एक्जाम पास कर के किसी की ज़िंदगी और मौत कैसे तय कर सकते हैं अनिल?”

“किसी की नहीं सर...। क्रिमिनल्स की, समाज के दुश्मनों की। हम समाज के रक्षक हैं और रक्षा में हथियार उठाने ही पड़ते हैं। अच्छा, आप यह देखें शकूर के एनकाउंटर के बाद चाइल्ड ट्रैफिकिंग के केस कितने कम हुए हैं। लगभग नहीं के बराबर हैं अपने इलाके मे। राक्षसों का संहार ज़रूरी है सर। उसके लिए कोई गिल्ट नहीं होना चाहिए।”

“अगर हम असामाजिक तत्वों को राक्षस मान लेते हैं तो अंजाने में ही ख़ुद को भगवान भी मान लेते हैं अनिल, जो कि हम नहीं हैं। यह सब कुछ जानते हुए

भी करना पड़ता है इसलिए कभी कभी गिल्ट आ जाता है। अक्सर तब जब आप उनकी आँखों मे झाँक लेते हैं और आपको उनकी आँखो मे आने वाले कल का सूरज नहीं दिखता। तब गिल्ट ज़्यादा होने लगती है।"

"इसलिए सर, मैं इन घास-फूस की सफाई से पहले दो पेग मार लेता हूँ। तब बस मैं इनसेक्टीसाइड होता हूँ और वो खरपतवार।"

"काश मैं भी तुम्हारी तरह सोच पाता।"

"आप अपनी ही तरह सोचिए सर और मेरी इस बात पर एक शेर सुना दीजिये।"

उफ़ वो मासूम ओ हयादार निगाहें जिन पर
क़त्ल के बाद भी इल्ज़ाम नहीं आता है

कहते हुए भी नकुल छत की और ही देखता रहा। वह अब भी किसी दर्द, किसी अनजान परेशानी में ही था।

"क्या ख़ूब सर। चलिये, अब निकलता हूँ। आज बीवी की तरफ से शॉपिंग की फ़रमाइश आई है। उसके भाई की शादी है। कपड़े यहीं से बनवाने हैं। आप समझ ही सकते हैं।"

"हाँ भाई निकलो। होम मिनिस्टरी से हमेशा बना कर रखो। काम में मन भी तभी लगता है।"

नकुल अभी अनिल से हाथ मिलाकर उसे जाने को कह ही रहा था कि उसका फोन बज उठा।

"हैलो?"

"Is it Inspector Nakul!"

"यस। कौन बोल रहा है।"

"हैलो नकुल। मैं राघव बत्रा। आपसे मिलना चाहता हूँ।"

राघव बत्रा का नाम सुनते ही नकुल के दिमाग में घंटियाँ सी बज उठीं। यही वह नाम था जो विद्या ने लिया था। यही वह नाम था जिसका डर सुमनलता को FIR लिखने से रोक रहा था। यही वह नाम था जिससे नकुल को ख़ुद ही मिलना था। वह इस नाम को बख़ूबी जानता था, मगर फिर भी उसने अनभिज्ञता दिखाते हुए रुखाई से ही कहा-

"कौन राघव बत्रा? माफ कीजिएगा मैंने पहचाना नहीं।"

"कोई बात नहीं। आप माफ़ी न माँगें। मैं समझ सकता हूँ। आपका काम ही ऐसा है की आप किस किस को याद रखेंगे और हम तो पहले मिले भी नहीं इसलिए याद रखने का सवाल भी नहीं है। बाय द वे लेट मी इंट्रोड्यूज माईसेल्फ़। मैं राघव ज्वेलरी का ओनर राघव बत्रा।"

"जी कहिए बत्रा साहब आपने कैसे फोन किया!"

नकुल ने अनिल को बैठने का इशारा किया। नकुल का कॉल जारी था।

"कहा तो, मैं आपसे मिलना चाहता हूँ।"

"क्यों? मुझसे आपको भला क्या काम आ पड़ा?"

"कारण मिल कर ही बताऊँ तो ठीक रहेगा।"

"तो फिर बत्रा साहब, पुलिस स्टेशन आ जाइए।"

"अरे दुश्मनों को भी पुलिस स्टेशन नहीं बुलाते नकुल साहब। इसलिए अभी तो अभी नहीं, और अगर आप चाहेंगे तो कभी आना नहीं होगा। फ़िलहाल आप मेरे घर आ जाएँ तो बड़ी मेहरबानी होगी। मैं आपको एड्रेस टेक्स्ट कर देता हूँ।" बत्रा की आवाज़ में एक शालीनता थी जिस कारण नकुल चाहकर भी उसके साथ असभ्य नहीं हो पाया और बोला-

"जी बेहतर। कब मिलना चाहेंगे"

"कल आ जाइए। अगर आप कहें तो आपके लिए गाड़ी भेज दूँ।"

"शुक्रिया, फ़िलहाल आप अपना एड्रेस ही भेज दें। मैं आ जाऊँगा।"

ये कहते हुए नकुल ने ही फोन डिस्कनेक्ट कर दिया। अनिल ने फोन डिसकनेक्ट होते ही पूछा-

"कौन था सर?"

"शायद वही तीसरा जिसकी हमें तलाश थी।"

छुपे चेहरे

वो एक आलीशान कोठी थी।

कोठी के मेन गेट पर "बलाज़" का नेम प्लेट लगा था। धूप खिल आयी थी। नकुल की जीप पोर्टिको में रुकी, लेकिन उसे आस-पास कोई आदमी दिखाई नहीं दिया।

"अनिल तुम यहीं रुको। अगर मैं एक घंटे मे वापस नहीं आऊँ तो थाने में ख़बर कर के भीतर आना और कुछ भी suspicious लगे तो मुझे टेक्स्ट करना।"

"सर मैं भी चलता हूँ न। यहाँ क्या करूँगा बैठे-बैठे।"

"वही जो तुम ऑफिस में बैठे बैठे करते हो। Tory black, Madison ivy, Lisa Ann, Pinky June.. कम है या और नाम गिनाऊँ? नकुल ने एक मानीखेज मुस्कुराहट के साथ कुछ एडल्ट फ़िल्म स्टारों के नाम गिनवा दिए।

"क्या सर आप भी! मैं तो ये नाम भी पहली बार सुन रहा हूँ।" अनिल ने झेंपी हुई आवाज़ के साथ कहा।

"अच्छा फिर प्रिया रॉय, जैस्मिन चौधरी, कली शूद्रा को तो जानते होगे? कहते हुए नकुल जीप से उतरा और फिर बोला–

"अरे सब इंस्पेक्टर साहब-

ये सोचना गलत है कि तुम पर नज़र नहीं
मसरूफ़ हम बहुत हैं मगर बेख़बर नहीं ...

आता हूँ यहीं इंतज़ार करना कहते हुए नकुल ख़ुद आगे बढ़ गया। आगे से थोड़ा मुड़कर उसने लॉन पार किया। लॉन के थोड़ा आगे ही कोठी का विशालकाय शीशे का दरवाज़ा था। वह दरवाज़े तक पहुँचा और डोर बेल दबाई। लगभग एक मिनट के इंतज़ार के बाद दरवाज़ा खुला।

एक लड़की ने दरवाज़ा खोला था। ख़ूबसूरत सैटिन के गुलाबी कपड़ों में लिपटी लड़की बहुत आकर्षक लग रही थी। उसे देखकर यूँ लग रहा था जैसे दिन के ग्यारह बजे भी वह अंगड़ाई तोड़कर ही आ रही हो।

"बत्रा साहब से मिलना था। प्लीज उन्हें बुला दीजिए।"

"लेकिन सर तो..."

"सर तो गर्दन पर है ही। कपड़े बस जगह पर नहीं हैं, इधर-उधर खिसक गए हैं।"

नकुल ने लड़की के बदन पर नज़र जमाए हुए कहा। लड़की उसकी नज़र ताड़ गयी और अपने कपडे दुरुस्त करते हुए उसे बरगलाने की कोशिश की-

"सर अभी नहीं हैं। आप अप्वाइंटमेंट लेकर आएँ।"

"हमारी अप्वाइंटमेंट बहुत भारी पड़ती है मिस, और ये बात मैं हर अजनबी को पहली और आखिरी बार ही बताता हूँ।"

"आप जो भी हैं क्या आप ये जान रहे हैं कि आपका लहज़ा धमकी भरा है, मैं आपको पुलिस में दे सकती हूँ?" लड़की ने थोड़ी तल्ख़ आवाज़ में ही कहा। उसकी आवाज़ की तल्खी ने नकुल का मूड बिगाड़ दिया अब तल्ख़ होने की बारी उसकी थी। उसने अपनी आवाज़ ऊँची करते हुए कहा-

"जी बिलकुल धमकी ही दे रहा हूँ और रही बात पुलिस की तो वो देखिये सामने सरकारी जीप मे बैठा है, कहिए तो उसे ही बुला दूँ।"

"द..देखिये! मैंने कहा न कि सर यहाँ नहीं हैं। आप अप्वाइंटमेंट लेकर आएँ।"

"मिस। जो कोई भी आप हैं...जान सकता हूँ कि बत्रा साहब से आपका क्या रिश्ता है?" नकुल ने सीधा ही पूछा।

"मैं उनकी प्राइवेट सेक्रेटरी हूँ।"

"तभी।"

"क्या मतलब तभी?"

"आप उनकी प्राइवेट सेक्रेटरी तो हैं; मगर उनके साथ अभी आपको ज़्यादा दिन नहीं हुए तभी ऐसी ग़लती कर रहीं हैं।"

"How you come to know कि मुझे यहाँ सर के साथ ज़्यादा दिन नहीं हुए।" लड़की ने अचरज से पूछा।

"देखिए, अव्वल तो यह मेरा काम ही है कि मालूमात करता रहूँ। दूसरा आपके साहब ने ही मुझे बुलाया है और अगर आपने बॉस का शेड्यूल ही मेंटेन नहीं कर पा रहीं तो बहुत ज़ाहिर है कि आप अपने काम में नौसिखिया ही हैं। अब खड़े खड़े मेरा चेहरा न निहारिये, जाकर बत्रा जी को कहें कि इंस्पेक्टर नकुल आए हैं।"

"स..सॉरी। आई एम सो सो सॉरी। दरअसल पुलिस की एक इमेज बनी हुई हैं न कि यूनिफ़ोर्म होगा, सर पे टोपी होगी..." लड़की ने हिचकिचाते हुए कहा।

"हाथ मे डंडा भी होगा, कमर में पिस्तौल भी होगी। यह आप क्यों भूल रही हैं।" नकुल ने लड़की को अजाब में देख मुस्कुराते हुए कहा। लड़की समझ गयी थी की वह नकुल से बहस में नहीं जीत सकती, इसलिए उसने हार ही मान ली और बोली-

"जी.. जी। आप एक मिनट वेट करें। मैं सर को इन्फॉर्म करके आती हूँ।" लडकी नकुल को इंतज़ार करता छोड़कर भीतर चली गयी। दो मिनट बाद ही जब वह दौड़ी-दौड़ी लौटकर आई तो उसके चेहरे के हाव-भाव बदले हुए थे। अब वह किसी बाज़ारू गुड़िया की तरह मुस्कुरा रही थी। उसकी सज-धज भी पहले से बेहतर थी। मुस्कराते हुए ही उसने वेलकम किया-

"आइए। प्लीज कम दिस वे।" कहते हुए लड़की आगे आगे बढ़ी, नकुल उसके पीछे पीछे ही चला। लड़की एक व्यवस्थित से कमरे में आकर रुक गयी और कमरे में लगे विशालकाय लेदर सोफा की और इशारा करते हुए बोली-

"आप यहाँ बैठकर वेट करें।"

"थैंक्स। आपने उन्हें इन्फॉर्म कर दिया न?" नकुल ने सोफा में धँसते हुए पूछा।

"यस, प्लीज डोंट माइंड, सर बाथ ले रहे हैं।"

"कोई बात नहीं। मैं उनका वेट कर रहा हूँ। क्या मैं आपका नाम जान सकता हूँ?"

"मेरा नाम लवीना है। आप कुछ लेंगे!"

"नहीं इस वक़्त नहीं। किसी और वक़्त मिलिए, ले लूँगा!" नकुल ने अपनी बात से एक तीर से दो शिकार किये और दूसरा तीर भी सही निशाने पर ही लगा। लविना उसका मतलब समझ गयी। वह एक बाज़ारू मुस्कराहट के साथ बस इतना ही बोली-

"यू लैटेक्स टंग!"

कहते हुए लवीना शोख़ी से मुस्कुराई। वो अभी नकुल से और बात करने के मूड में थी मगर तभी बाथरूम स्लीपर्स की आवाज़ सुनकर उसे रुक जाना पड़ा।

बेदिंग गाउन पहने ही बल्ला दूर से आता हुआ नज़र आया। पहली नज़र में ही बल्ला आकर्षक व्यक्तित्व का मालिक था। वह 50 का होते हुए भी 35 का लगता था। कसरती बदन और चाल-ढाल में ही रसूख। एक दफा देखने पर ही जो किसी को भी प्रभावित कर जाए, ऐसी पर्सनाल्टी थी राघव बल्ला की।

"हैलो नकुल! सॉरी आपको वेट करना पड़ा।" बल्ला ने आते ही हाथ आगे बढाते हुए कहा।

“नॉट एन इश्यू मिस्टर बत्रा। हमारा काम ही ऐसा है।”

“ये क्या! तुमने नकुल को कुछ सर्व नहीं किया।” बत्रा ने लाविना की तरफ एक शिकायत भरी नज़र डाली।

“सर, ये संत लगते हैं। कुछ लेते ही नहीं।” लविना ने बड़ी ही शोखी से होठों को एक दूसरे पर रगड़कर लिपस्टिक मिलाते हुए कहा।

“तो तुम किस लिए हो? saints are seduced by nymphs since ages. क्या तुम नहीं जानती। कहकर बत्रा हँसा और फिर लविना को नज़र अंदाज़ करता हुआ नकुल से मुख़ातिब हुआ –

"आप कुछ लेंगे नकुल साहब?”

“नो थैंक्स। मैं आपसे मिलने आने ही वाला था। तभी आपका मैसेज मिला कि आप ख़ुद मुझसे मिलना चाहते हैं।”

“भाई, आप अगर मुझसे मिलने पहले चले आते तो देर हो जाती।”

“क्यों?” नकुल ने चौंक कर पूछा।

“क्योंकि आप आते सरकारी फ़रमान लिए... बातें हमारी होती शक के दायरे वाली। आप कुछ पूछते, मैं वकील के ज़ेर-ए-साया जवाब देता। इससे बेहतर मैंने सोचा कि आप आएँ, इससे पहले मैं ही आपसे मिल लूँ।”

“तो आपको अहसास था कि आप पूछताछ के घेरे में आ सकते हैं।” नकुल ने पूछा।

“बिलकुल। इससे तो इंकार नहीं कर सकता।” बत्रा ने भी बे लागो लपेट सीधा ही जवाब दिया।

“आई रेस्पेक्ट योर ऑनेस्टी। खैर, मुद्दे की बात करें। मेरा ख्याल है कि विद्या की एफ़आईआर के अलावा और कोई दूसरा कारण नहीं होगा।”

“यस, यही कारण है।”

“आप मुझे बुलाने का और कोई कारण बताएँ इसके पहले मैं कुछ सवाल पूछना चाहता हूँ।” नकुल सीधा मुद्दे पर आ गया।

“बेशक पूछें। कोर्ट में वकील को बताने से बेहतर है मैं अपने घर के सुकून भरे माहौल में आपको बताने पर तरजीह दूँ।”

सवाल पूछने से पहले नकुल दो मिनट तक शांत रहा शायद उसे उम्मीद थी की लविना बाहर चली जाएगी, मगर जब वह वहीं खड़ी रही तो नकुल ने एक छद्म मुस्कुराहट उसकी तरफ उछालते हुए कहा-

“मिस लवीना, अगर आप हमें कुछ देर अकेला छोड़ें तो हम कुछ मर्दों वाली बात करना चाहते हैं।”

“ओह सॉरी! आई एम रियली वेरी सॉरी।” इतना कहकर लवीना दरवाज़े से बाहर निकल गयी। उसके जाते ही बत्रा ने नकुल से पूछा-

"ड्रिंक लेंगे आप?”

"ज़रूर।”

"आइए। बार में चलते हैं। वहाँ आराम से बात होगी।"

बत्रा उठ खड़ा हुआ तो नकुल भी उसके साथ हो लिया। दरवाजे से गुज़रकर दोनों जिस शानदार कमरे में पहुँचे वहाँ पूरी दीवार के साथ बार बनी हुई थी- विभिन्न प्रकार की कीमती इम्पोर्टेड शराब की बोतलों से सजी हुई।

"क्या लेंगे नकुल?”

"स्कॉच ऑन द रॉक।”

“जेंटलमेन्स च्वाइस।” बत्रा ने कहा और मुस्कुराते हुए बत्रा दो गिलास में तगड़े ड्रिंक बनाने लगा। पेग बनाकर उसने एक ग्लास नकुल को थमाई और एक हलके चियर्स के साथ दोनों ने ग्लास मुँह को लगाया। पहली घूँट लेते हुए नकुल ने कड़वी सी शक्ल बनाई। फिर एक थोड़ी लंबी साँस ली और अपनी पूछताछ शुरू की-

"मुझे उम्मीद है कि आप मुझे उतनी सच्चाई बताएँगे, जितना सच आप जानते हैं?"

"निश्चिंत रहें नकुल साहब। मैं आपसे आईने की तरह साफ़ और सच्ची बात करूँगा।"

"आप विद्या को जानते हैं?"

"हाँ"

"कितना जानते हैं? और कब से जानते हैं?"

"उतना जितना उसका पति भी उसे नहीं जानता होगा। उसके रोम रोम की बारीकियाँ मैंने देखी हैं।"

"मैं जो समझ पा रहा हूँ, अगर वह सही है तो..."

"जी, आप बिलकुल सही समझ रहे हैं। हमारे फिजिकल रिलेशन थे।"

"फिर उसने आपके अगेंस्ट रिपोर्ट क्यों लिखवाई है।"

"देखिए, इसके कई कारण हो सकते हैं।"

"एक-दो बताइए।"

"अव्वल तो मैंने उसे नौकरी से निकाल दिया था।"

"क्यों? उसने ऐसा क्या गुनाह-ए-अजीम कर दिया?"

"उसकी गलती नहीं कहूँगा। मुझे ही अब किसी हैपनिंग सेक्रेटरी की ज़रूरत थी। मेरा उससे मन भर गया था। विद्या ख़ूबसूरत तो थी मगर ओल्ड स्कूल थी।"

"यह तो जब आपने उसे देखा होगा तभी मालूम चल गया होगा। फिर आपने उसे रखा ही क्यों अगर आपको हैपनिंग सेक्रेटरी ही चाहिए थी।"

"मेरी कमज़ोरी यह है कि किसी ग़रीब को देखकर मुझे दया आ जाती है।"

"लेकिन यह तो अच्छा और भला गुण है? नहीं क्या? " नकुल ने एक घूँट और लेते हुए तंज़िया लहजे में ही कहा।

"कभी होता होगा, आज के घोर कलयुग में ऐसा सोचना भी अपराध है। विद्या की ही बात लें। दोनों पति-पत्नी छह साल से मेरे पास थे। जब आए थे तब रहने को जगह नहीं थी। मुझे दया आ गयी।"

"किस पर?"

"ज़ाहिर है उसके पति पर तो आई नहीं होगी। विद्या पर ही आयी।"

"तो विद्या को अकोमोडेट करने के लिए आपने उसके पति को भी नौकरी पर रख लिया।"

"पहले पहल यही बात थी लेकिन उसका पति अच्छा आदमी है।"

"है नहीं, था।"

"मतलब... मर गया क्या?" बत्रा ने अचरज से पूचा। उसके हाथ में ठहरा ग्लास भी छलक गया।

"मुझे लगा कि यह आप मुझसे ज़्यादा बेहतर जानते होंगे।" नाकुल उसका चेहरा पढ़ते हुए बोला।

"ऐसी बात बिलकुल नहीं है इंस्पेक्टर नकुल और मुझे इसी बात का डर है जो आप समझ रहे हैं। इसलिए मैंने आपको यहाँ बुलाया है।"

"खैर, वह बात बाद में। पहले आप आगे की बात बताएँ। नौकरी पर रखने के बाद क्या हुआ"

"मैंने उन दोनों को अपने यहाँ नौकरी दी और यहीं बंगले में रहने की जगह भी।" पिछले छह साल से सबकुछ ठीक ही तो था।

"अगर सबकुछ ठीक ही था और आपने उन दोनों के लिए इतना कुछ किया ही था तो फिर उसने आपके खिलाफ रिपोर्ट क्यों दर्ज़ कराई।"

"इसका कारण है लालच। आपको तफ़सील से बताता हूँ। एक बार मैं बिजनेस के सिलसिले में गोवा जा रहा था। विद्या डिक्टेशन अच्छे ले लेती थी। सो मैंने उसे भी साथ ले जाने की सोची।"

"सिर्फ यही कारण था?"

"नहीं, दूसरा भी कारण था। वह उन दिनों मुझ पर जादू की तरह असर कर रही थी। मैं उसे साथ ले जाना ही चाहता था लेकिन उसका पति इसके लिए राजी नहीं था।"

"फिर?"

"फिर विद्या ने मुझे अपने पति को कुछ पैसे देकर किसी काम से बाहर भेजने की सलाह दी। मुझे उम्मीद नहीं थी, मगर उसके पति बलजीत ने बाहर जाने का ऑर्डर फौरन मान लिया।"

"आगे क्या हुआ?"

"फिर मैं विद्या को लेकर गोवा गया।"

"फिर..."

"फिर पिछले छह सालों में मुझे याद नहीं मैं उसे लेकर कहाँ-कहाँ गया।"

"मेरा सवाल फिर वहीं का वहीं है।" नकुल ने एक बार फिर बत्रा को कुरेदा

"कौन सा सवाल?"

"अगर सबकुछ आपकी लाइन पर था तो विद्या ने आपके खिलाफ रिपोर्ट क्यों लिखवाई।"

"सबकुछ ठीक नहीं था।"

"मतलब?"

"जैसे-जैसे वक़्त बीतता गया। विद्या के पति का शक बढ़ता गया। मुझे तो खैर वो क्या कहता, उसने विद्या को भी कभी रोका नहीं। बल्कि उसे छूट ही दी। दरअसल, विद्या से ज़्यादा उसके पति को पैसे का लालच हो गया था। मुझे उससे कोई समस्या नहीं थी अगर विद्या..."

"आप बीच में रूक क्यों गए, पूरी बात कहिए।"

"देखिये नकुल...। एट द एंड ऑफ द डे मैं एक बिजनेस मैन ही हूँ और मेरी सारी रईसी, सारा पैसा, सारे ऐश-ओ-आराम इसी बिजनेस से है। विद्या उसमें सेंध लगाने लगी थी।"

"वो कैसे?"

"जरीवाला की मदद से?"

"अब ये जरीवाला कौन है?" एक नए किरदार के आ जाने से नकुल खीझ सा गया।

"मेरा साला और मेरा सबसे बड़ा बिजनेस राइवल।"

"उम्र के लिहाज से लगता तो है कि आपकी शादी हो चुकी होगी ? आपकी बीबी कहाँ हैं?"

"हो चुकी होगी नहीं, हो चुकी थी। मेरी बीवी अब मेरे साथ नहीं रहती।"

"फिर किसके साथ रहती है।"

"लंबी कहानी है और इसका इस केस से कोई लेना-देना नहीं है।"

"किस बात का इस केस से लेना देना है किस बात का नहीं, यह मुझे डिसाइड करने दीजिए। आप आगे बताएँ।"

"सीधी-सी बात है, मैं दिलफेंक किस्म का इंसान हूँ। एक खूंटे से नहीं बंध सकता। बीवी को यह आदत पसंद नहीं थी। बस इस वजह से वह मुझसे दूर होती चली गयी।"

"बस यही वजह थी। या फिर और कोई वजह भी?"

"मैं समझा नहीं।"

"खैर, आप ज़्यादा लोड न लें। अब जरीवाला के बारे बताएँ।"

"जरीवाला मेरा इकलौता साला था और अपनी बहन के रहने तक मेरे साथ ही था। मेरे साथ ही काम करता रहा था। फिर उसने अपना धंधा खड़ा कर लिया- जरीवाला ज्वेलर्स।"

"अच्छा, बिजनेस राइवेलरी?"

"जी, और फिर उस जरीवाला ने मुझ पर दोतरफा हमला किया।"

"कैसा दोतरफा?"

"पहला तो यह कि उसने विद्या को अपनी ओर खींच लिया।"

"विद्या खिंच गयी?"

"दो दिन विद्या से मिल आओ। तीसरे दिन वह तुमसे भी खिंच जायेगी।"

"ओके, ओके... स्टॉप दिस.. और आगे बताएँ।"

"जरीवाला मुझसे ज़्यादा जवान है, सो विद्या का उसकी तरफ झुकना ताज्जुब की बात नहीं है लेकिन जरीवाला का मोटिव बस विद्या को अट्रैक्ट करना ही नहीं था।"

"फिर?"

"वह विद्या के जरिये मेरी ज्वेलरी की डिजाइन बनने से पहले ही निकलवाने लगा।"

"इससे तो आपको काफी घाटा हुआ होगा।"

"हाँ नकुल, सिर्फ मॉनिटरी नहीं, बल्कि गुडविल का भी।" वह हमारी ही डिजाइन हमसे पहले बाजार में ला देता था, जिससे कि जब हम डिजाइन बाजार में लाते थे तो लोग कहते थे कि हमने जरीवाला की डिजाइन चोरी की है।"

"और आपका यह शक पुख्ता कैसे हुआ कि ऐसा विद्या ही करती है?"

"मुझे शक तो पहले से ही हो रहा था मगर एक दफा मैंने जाँचने के लिए उसे एक रिंग गिफ्ट की थी। एक महीने बाद वही डिजाइन जरीवाला ज्वेलरी से मार्केट में आ गयी।"

"ओह, अच्छा। फिर तो आपने उसे नौकरी से निकाल दिया होगा?"

"मेरा पास दूसरा कोई और चारा था क्या?"

"नहीं, लेकिन आपने उसके पति, बलजीत को काम पर बनाए रखा।"

"ज़ाहिर है, उसकी कोई गलती नहीं थी। वह मेरे काम को अच्छी तरह संभाल भी रहा था तो विद्या की सजा उसे क्यों?"

"बत्रा जी, मैंने आपकी सारी बात सुन ली। अब सबसे ज़रूरी बात...आपने ये बताने के लिए तो मुझे यहाँ नहीं बुलाया था। क्योंकि ये बात तो आप तब भी कह सकते थे जब आपको थाने पर बुलाया जाता।"

"आपने बिल्कुल सही कहा। काफी समझदार हैं।"

"जी फ़िलहाल तो पुलिस इंस्पेक्टर हूँ।"

"दरअसल, मुझे एक बात का डर है जो मुझे खाये जा रहा है। देखिए! मैं यह बात गंगा में खड़ा होकर भी कहूँ तो कोई भरोसा नहीं करेगा कि बलजीत के गायब होने में मेरा हाथ नहीं है और आपके अनुसार अपनी सच्चाई बताने के लिए बलजीत अब इस दुनिया में नहीं है। सारे सबूत या तो मेरे खिलाफ हैं या फिर बना दिए जाएँगे। मैंने ख़ुद भी सोचा तो पाया कि इस केस में सारी बातें मेरे ही खिलाफ हैं। बलजीत को तो मैंने ही काम से भेजा था। विद्या से मेरे रिलेशन थे ही। वहीं जरीवाला और भी कुछ सबूत इकट्ठे करवा ही देगा और मैं निर्दोष होने के बावजूद इसमें बुरी तरह फँस जाऊँगा।"

"आप मुझसे क्या चाहते हैं। साफ़-साफ़ कहिए।"

"आपका भरोसा। मैं चाहता हूँ कि आप यक़ीन करें कि मैं बेगुनाह हूँ।"

"और मैं ऐसा क्यों करूँगा?"

"क्योंकि मैं ही जानता हूँ कि मैं बेगुनाह हूँ और ये भी जानता हूँ कि आपकी भी एक ज़रूरत है। हम दोनों एक दूसरे की ज़रूरत पूरी कर सकते हैं।"

"कैसे?"

आपके आपरेशन के लिए जो पैसे चाहिए वो मैं दे सकता हूँ। बदले में बस आप मुझे...

"आप मुझे रिश्वत दे रहे हैं।"

"नहीं ऐसा बिलकुल मत समझिए। बस मैं जानता हूँ कि मैं बेगुनाह हूँ, लेकिन ये साबित करना मेरे बस में नहीं है।"

"तो फिर किसके बस में हैं?"

"आपके! मैं ये बिलकुल नहीं कहता कि आप अपना काम मत करो। बस ये चाहता हूँ कि आप मामले की तह में जाएं लेकिन यह मानते हुए कि मैं बेगुनाह हूँ। बदले में मैं आपके ऑपरेशन के सारे पैसे देता हूँ।"

"बत्रा साहब, पोस्टिंग से पहले हमे एक ओथ दी जाती है। जिसकी पहली लाइन में ही हम इस बात की कसम खाते हैं कि हम अपनी इंटेग्रिटी, अपना कैरेक्टर और पब्लिक ट्रस्ट नहीं खोएँगे। आपका शुक्रिया, लेकिन मैं अपने फर्ज़ से, अपने ईमान से धोखा नहीं कर सकता। मैं आपसे पैसे नहीं ले सकता।"

"आपको पैसे लेने की ज़रूरत भी नहीं है। वह डॉक्टर लेगा। आप बस ऑपरेशन करा लें। मैं जानता हूँ स्पाइनल कॉर्ड में लगी चोट आपको दिन-ब-दिन मार रही है। आप अगर ऑपरेशन नहीं करा पाये तो शायद न बचें और फिर यह केस किसी दूसरे के हवाले हो जाए। फिर पता नहीं वह कैसा आदमी हो, केस कितने दिन चले और सबसे ज़रूरी बात देखो, मेरा केस इतना कमज़ोर है कि मुझे ख़ुद भी यक़ीन नहीं कि मैं बेगुनाह साबित हो पाऊँगा।"

"चलिये मुझे कुछ ऐसा, कोई ऐसा क्लू दीजिये जिससे मैं ये प्रूव कर सकूँ कि आप बेगुनाह हैं।"

"आप जरीवाला को इंटेरोगेट करें। मुझे पूरा भरोसा है कि बलजीत का कोई सुराग़ ज़रूर मिलेगा। जो भी हुआ है जरीवाला के ही इशारे से हुआ है।"

"हम्म, पैसे के बारे में आप क्या कह रहे थे?"

"पैसे के बारे में नहीं, मैं ऑपरेशन के बारे में कह रहा था।"

"मेरे लिए एक ही बात है।"

"इसका मतलब आप मेरी मदद के लिए तैयार हैं?"

"अगर आप इस बात के लिए राजी हों कि मैं आपरेशन के बाद आपके पैसे लौटा दूँगा और आप ले लेंगे तो मैं यह मदद लेने को तैयार हूँ।"

"उसकी चिंता आप मत करें। आप जाकर डेट लें। डॉक्टर से मैं बात कर लूँगा।"

"ठीक है। मुझे जरीवाला का पता दे दीजिए।"

"मैं टेक्स्ट कर देता हूँ। तो उम्मीद करूँ कि आप मुझे इस परेशानी से निज़ात दिलाएंगे।"

"देखिए जितनी रिक्वेस्ट आप कर रहे हैं, उससे मेरा शक आपके ऊपर उतना ही गहराता जा रहा है। अगर आप बेगुनाह हैं, तो मैं पूरी कोशिश करूँगा कि आप किसी झूठे केस में न फँसें।"

"मैं शरीफ आदमी हूँ। शबाब और शराब के अलावा दूसरा कोई एब नहीं है मुझमें।

"ठीक है, अब मैं चलता हूँ।" कहते हुए नकुल सोफे से उठ खड़ा हुआ।

"अरे रुकिए नकुल साहब... एक मिनट।"

बत्रा ने बार टेबल पर रखी एक बेल बजाई। बेल बजते ही लवीना रूम में दाखिल हुई। अब तक उसके कपड़े बदल चुके थे। अब वह और भी भड़कीले पोशाक में थी।

"लवीना, साहब को उनकी गाड़ी तक छोड़ आओ।"

"श्योर सर।"

"अच्छी मुलाक़ात रही बल्ला साहब। कोई बात हुई तो परेशान करूँगा।"

नकुल लवीना के साथ निकल गया। बाहर जीप में बैठा अनिल उबासियाँ ले रहा था।

बाहर तक छोड़ते हुए लवीना ने शोख़ी से कहा-

"कभी हमें भी परेशान कीजिए।"

"आप परेशान होना चाहती हैं?"

"आप करें तो कौन नहीं चाहेगा।"

"करूँगा। जल्द ही आपको भी परेशान करूँगा।"

इतना कहकर नकुल हल्के से मुस्कुराया और जीप पर सवार हो गया। जीप के चलते ही अनिल ने कहा-

"सर, शुक्रिया आपने मुझे बचा लिया।"

"शुक्रिया कबूल, मगर कैसे बचाया?"

"आप भीतर जाकर जम गए। मैं बोरियत मिटाने के लिए ब्लू व्हेल खेल रहा था। अगर आप थोड़ी देर और नहीं आते तो या तो मैं बोरियत से मर जाता या ब्लू व्हेल के कारण सुसाइड कर लेता।"

"सॉरी अनिल। वो ज़रा बल्ला के साथ महफिल जम गयी थी।"

"आप उसे जानते हैं?"

"नहीं, मगर दारू पहचान बढ़ा देती है।"

"मुझे भी बुला लेते सर। उस रोज जो आपके घर में नसीब नहीं हुई तब से आज तक सूखा ही चल रहा है।"

"बल्ला यारबाज़ आदमी है और शायद प्राइम सस्पेक्ट भी।"

"ऐसा आप इतनी श्योरिटी से कैसे कह सकते हैं?"

"एक तो उसकी बातों से, दूसरा उसकी हरकत से।"

“अकेले में कुछ ऐसी-वैसी हरकत कर दी क्या सर ?”

“हाँ।”

“क्या कर दिया उस पुरानी हड्डी ने सर?”

“एक लड़की पीछे लगा दी। उसे देखते ही पुराने जख्म ताज़ा हो गए ?”

“ओए होए! तो इसका मतलब है कि साहब आज शबनम के यहाँ जाएँगे?”

“तुम्हें कैसे पता?”

"दिक्कत ये हैं कि जिन ख़बरियों से आप हमारी ईवी मैडिसन और पिंकी जून की ख़बर निकलवाते हैं वो साले दोगले हैं वो उधर की ख़बर इधर भी दे देते हैं। खैर, ये छोड़िए.. ये बताइए कहाँ ड्रॉप करूँ।”

“शबनम के फ्लैट पर। चलो। तुम्हें उसका फ्लैट दिखा दूँ। अगर कहीं न मिलूँ और तो वहाँ पता कर लेना। मेरा एक पता शबनम का फ्लैट भी है।”

“फिर तो वो खुफिया अड्डा देखना ही होगा सर!”

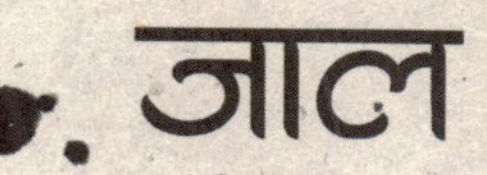

जाल

ग्रीनव्यू अपार्टमेंट्स। शहर की पॉश कालोनी में एक अत्याधुनिक बहुमंज़िला इमारत थी। उसी में एक फ्लोर पर रहती थी-शबनम जहां। नकुल लिफ्ट से ऊपर पहुँचा। उसने बंद दरवाजे पर हौले से दस्तक दी। अंदर से कदमों की धीमी आहट सुनाई दी, फिर एक मादक सी आवाज़ आई- 'कौन है?'

'राउडी राठौर", नकुल ने मुस्कुराहट जब्त करते हुए जवाब दिया।

नाम सुनते ही दरवाज़ा खुल गया। सामने जो लड़की थी, उसके हाथ ही बाहर आए और एक झटके से नकुल को कॉलर समेत भीतर खींच लिया।

"अरे रे रे... डोंट यू नो कि ऑन ड्यूटी पुलिस को हाथ लगाना पनिशेबल ऑफेंस है।"

"पनिश मी देन।" शबनम ने रूमानी आवाज़ में कहा।

"दरवाज़ तो बंद कर लो !" कहते हुए नकुल ने शबनम को गले से छुड़ाते हुए दरवाज़ा बंद कर दिया।

"आज अगर तुम नहीं आते तो मैं ही पुलिस स्टेशन चली आती।"

"क्यों?"

"क्यों क्या! आई वाज़ मिसिंग यू टेरीबली।" ये कहते हुए वो थोड़ी संतुष्ट दिखी। नकुल सोफ़े पर पसर गया।

"ड्रिंक लोगे?"

"बिलकुल।"

शबनम जैसे इंतज़ार में ही थी। वह फौरन घर में बने बार कॉर्नर में गयी और दोनों हाथों मे गिलास लिए आयी। एक गिलास नकुल को थमा कर ख़ुद कालीन पर बैठ गयी। ऐसा करते हुए उसने अपना सिर नकुल के घुटनों पर टिका दिया।

"I was waiting for this moment."

नकुल ने अपने घुटने से लगे उसके काले बालों को सहलाया और फिर उसकी आइब्रोज पर अपनी उँगलियाँ फिराता रहा लेकिन उसका दिमाग बत्रा के ऑफर और अपने इलाज के खर्चे पर ही टंगा रहा। शबनम ने उसकी उँगलियाँ अपने आईब्रोज से हटा कर अपने होठों के पास लीं और फिर नकुल की तर्जनी को अपने होठों के बीच ले लिया। नकुल ने अपने जिस्म के सारे हिस्सों मे खून का बहाव महसूस किया। शबनम ने उँगलियों के पोरों को चूमा और बोली-

"You're so so wonderful baby, Why do I hate you so?"

"It's just one of those things" नकुल फुसफुसाया। शबनम यूँ ही उसके घुटनों के सहारे बैठी रही उसे नकुल की यह बेरुखी अच्छी नहीं लगी। वह चाहती थी कि नकुल उसे मनाए, बिना बात माफ़ी माँगे और कुछ नहीं तो बस यही पूछे कि Why do you hate me? लेकिन नकुल यूँ ही छत ताकता बेजान पड़ा रहा। शबनम भी थोड़ी देर बेमन से ही अपनी शराब सिप करती रही और अचानक ही पूछा-

"लोग कहते हैं कि मैं तुम्हें बर्बाद कर दूँगी। क्या सचमुच मैं तुम्हें बर्बाद कर दूँगी?'

"पागल! जिसकी ज़िंदगी की ही चंद साँसे बची हों, उसे कोई क्या बर्बाद करेगा।"

उसके ऐसा कहते ही शबनम ने उसके घुटने पर रखा अपना सिर ऊपर ओर उठा लिया और पूछा-

"Do you love me?"

"I don't know"

"Kiss me like never before!"

कहते हुए शबनम ने अपनी आँखे बंद कर लीं। नकुल ने उसके माथे पर बिखरी लटें एक तरफ कीं और उसके दाहिने कान का निचला नाज़ुक हिस्सा अपने होठों से सहलाने लगा। शबनम सिकुड़कर रह गयी और फिर थोड़ी देर बाद ही मुड़कर उसके दोनों घुटनों के बीच बैठ गयी।

"Tell me, am I beautiful?"

"Too, too beautiful."

ओह गॉड कहते हुए शबनम देर तक बैठी नकुल की आँखों मे जंगली बिल्ली की तरह देखती रही। नकुल भी बस झपटे जाने के इंतज़ार में उसका मुँह ताकता रहा।

"Nakul, I want to burn up with you tonight.. Aren't we going to?'

ये कहते हुए शबनम कूद कर नकुल की गोद मे चढ़ आयी।

"My tongue needs to search for heaven"

नकुल की बात सुनकर शबनम ने उसके चेहरे पर हल्की-सी चपत लगाई, फिर उसका मुँह अपनी ओर खींच लिया और जब शबनम की नाज़ुक ज़ुबान नकुल की ज़ुबान से टकराई तो दोनों ही इस प्रेम के कोमल पलों मे हिंसक हो गए।

जुनून के इन्ही पलों में नकुल ने अपना हाथ उसकी शर्ट के नीचे खिसका दिया। शबनम की बेदाग पीठ पर उँगलियाँ चलाते हुए उसके हाथ ब्रा की हुक पर ठिठक गए। नकुल यह काम बिना झिझक भी कर सकता था लेकिन उसने फिर भी इंतज़ार किया। सिसकारियों में ही जवाब आया-

"Do you need an official order to unhook me?"

एक शरारती मुस्कुराहट नकुल के चेहरे पर आई और उसने एक झटके से शबनम को कैद से आजाद कर दिया।

शबनम के होठ अब भी खुले थे। नकुल ने एक दफा फिर उसे चूमा। बड़ी ही जल्दबाज़ी और बेतरतीबी से शबनम ने नकुल के कपड़े उतार दिये और फिर कहा-

"Undress me too"

शबनम ने अपनी बाँहें ऊपर कर दी। नकुल ने शबनम की कमर पर उँगलियों की हल्की सरसराहट के साथ उसे कपड़ों से अलग कर दिया। दो होठ एकबार फिर जुड़े और अबकी इस तरह कि नकुल ने शबनम के जुबान की गहराई नाप ली।

नकुल उसे किसी बच्चे की तरह उठाकर बिस्तर की ओर बढ़ चला। उसके कंधे पर सिर टिकाये शबनम ने उसके कान मे कहा-

"Don't bloody care about me. But please do care about yourself"

रोमांच के इन पलों में भी शबनम को नकुल की चिंता थी। वो जानती थी कि ज़्यादा उत्तेज़ना उसके लिए खतरनाक है लेकिन उत्तेज़ना ख़तरे कहाँ देखती है?

बिस्तर पर शबनम को लिटाते वक़्त नकुल ने पहली दफा महसूस किया कि वह मर जाने के बाद सबसे ज़्यादा शबनम को ही मिस करेगा। उसे इस बात में कोई दो राय नज़र नहीं आयी कि शबनम के बेदाग जिस्म के अलावा जीने की और कोई वजह उसके पास नहीं है। बंद आँखे किए लेटी शबनम के बेलिबास जिस्म पर उसे ढूँढने पर भी कोई कमी, कोई दाग़ नज़र नहीं आया। नकुल अभी शबनम के पाँव के अंगूठे को चूमना ही चाहता था कि शबनम ने अपना पैर उसकी छाती पर लगा कर उसे दूर करते हुए कहा -

"Say that you love me."

"Ok.. Conditional love?"

"Yes.. Others have to crawl for me, you are fortunate enough."

"Ok BABY... I love you."

"Not like that.. Come and whisper into my ears."

शबनम की इस शर्त को पूरा करने के लिए नकुल जैसे ही उसपर झुका, शबनम ने उसे अपने दोनों हाथों के बीच भींच लिया। नकुल ने पहली दफा महसूस किया कि पत्थर भी पिघल सकते हैं। वह शबनम के गले, होंठ, सीने को बेतहाश चूमते हुए बहकने लगा। शबनम ने उसकी हथेलियाँ थामी और उसकी हथेलियों को अपने क़ाबू मे कर लिया अब नकुल की उँगलियाँ शबनक के जिस्म पर, शबनम की मर्जी से बहकने लगीं।

थोड़ी ही देर में शबनम को एहसास हुआ कि ये नकुल के लिए ठीक नहीं है। लिहाजा, उसने आँखो से ही नकुल को रुकने का इशारा किया और ख़ुद उसके ऊपर आ गयी।

अबतक जिस्मों ने अपनी लय पा ली थी। कराह और सिसकारियों से कमरा भर गया था। थोड़ी ही देर की कशमकश के बाद लावा फूट गया। जिस्मों का ज्वार उठकर शांत हो गया।

कुछ देर यूँ ही पड़े रहने के बाद शबनम नकुल की उँगलियाँ चूमते हुए उठी और वाशरूम की ओर चली गयी। नकुल ब्लैंकेट खींच कर यूँ ही पड़ा रहा। जब शबनम बाथरूम से आई तो इस कदर फ्रेश थी जैसे कुछ हुआ ही न हो। आते ही वह नकुल के पास बैठकर उसके सीने पर उँगलियाँ फिराने लगी। आँखें बंद किए हुए ही नकुल ने कहा-

"I am sorry !"

"For what? Don't spoil my special moments.'

"तुम जानती हो स्पाइनल की प्रोब्लम के बाद...?"

"रहने दो। इस प्रोब्लम के बाद भी तुम अच्छे अच्छों से अच्छे हो।"

तेरे वादे पर जिये तो तो ये जान झूठ जाना
के ख़ुशी से मर न जाते अगर एतबार होता

नकुल आदतन यह शेर गुनगुनाया

"मत करो एतबार। ड्रिंक लोगे न?" शबनम शायरी के जवाब में बोली।

"श्योर।"

नकुल के इतना कहते ही शबनम जाकर दो ड्रिंक बना लायी और काउच पर बैठ गयी।

नकुल बराबर उसे देखे जा रहा था।

"अब क्या देख रहे हो?"

"तुम्हें। लोग दिन ब दिन बूढ़े होते हैं तुम दिन ब दिन ख़ूबसूरत होती जा रही हो। असलियत यह है कि तुम्हारी ख़ूबसूरती को लफ़्ज़ों में बयान किया ही नहीं जा सकता..."

"क्यों ये शायरी-वायरी करने वालों के पास भी लफ़्ज़ों की कमी हो गयी?"

यूँ तो तेरे सिवा भी कई रंग ख़ुशनज़र थे मगर
जो तुझको देख चुका हो वो और क्या देखे

"अच्छा, बहुत हुआ। अब ये कहो किस काम से आए थे?"

"बताओ, लोगों की तारीफ़ करो तो भी उन्हे एतबार नहीं होता"।

"जानती हूँ किसी काम से ही आए हो। फिर भी भरोसा कर लेती हूँ। ये बताओ इतने दिन थे कहाँ?"

"स्पाइनल वाले केस में थोड़ा डिप्रेस हो गया था। सो शहर से बाहर चला गया था।"

"पहाड़ों पर!"

"हाँ।"

"मुझे क्यों नहीं कहा। मैं भी चलती।"

"अकेला रहना चाहता था सो नहीं बताया। एक ड्रिंक और मिलेगा?"

"श्योर। अभी लेकर आती हूँ।"

"मैं बनाऊँ?"

नकुल के ऐसा कहने पर शबनम ने एतराज नहीं किया। नकुल ने उठकर टॉवेल लपेट ली। वाशरूम में गया और फ्रेश होकर टॉवेल में ही बाहर आया। फिर भीतर जाकर दो तगड़े ड्रिंक बना लाया। एक गिलास उसे थमाकर बातचीत के विषय को घुमाया-

"तुमने शादी क्यों नहीं की?"

"तुम पहले नहीं मिले न इसलिए।" शबनम ने कहा।

"मैंने सुना तुमने इवैंट मैनेजमेंट वाला काम भी छोड़ दिया।"

"हाँ वहाँ काम ज़्यादा पैसा कम था। यहाँ ईज़ी मनी है और ये भी जबतक है तब तक है।"

"तो अब शादी क्यों नहीं कर लेती।"

"तुम करोगे शादी? बोलो अभी हाँ किये देती हूँ।"

"दस दिन में विधवा हो जाओगी?" नकुल ने हँसते हुए कहा।

"मंज़ूर है। तुम शादी के लिए हाँ तो करो..."

"बेकार की बातें हैं। तुम बस इमोशनल हो रही हो।"

"हाँ जानती हूँ, तो अब मतलब की बात करो।"

"तुम्हें भी लगता है कि मैं मतलब से आया हूँ।"

"बिलकुल। जिस आदमी में दस दिन जीने के चाह नहीं बची है वह आदमी सिर्फ ड्रिंक लेने मेरे पास तो नहीं ही आएगा। ऊपर से पुलिस वाले भी हो। तुम्हारी तो हर अदा पर शक होता है। अब बताओ- कैसे आए?"

"तुम जरीवाला की आज की पार्टी में बार टेंडर हो?"

"ओके। नाऊ वी आर टॉकिंग! तो तुम इतनी देर से इसी सवाल के लिए बातें घुमा रहे थे।"

"नहीं, आया तो तुमसे मिलने ही था। बस यह बात भी पूछ ली।"

"मतलब की बात करो हनी।"

"तुम उसकी इवेंट मैनेजमेंट कंपनी में थी। क्या तुम उसके साथ कभी... आई मीन फ़िज़िकल ..."

"हाँ कई बार। ठरकी आदमी है। उसी के कहने पर तो इवेंट वाली नौकरी में टाइम बर्बाद नहीं कर रही।"

"मैं आज उसकी पार्टी में शरीक होना चाहता हूँ। तुम ले चलोगी?"

"क्या बात है, तुम तो पार्टी एनिमल नहीं थे?"

"नहीं, एक केस में उसका नाम आ रहा है। रगड़ने से पहले सहलाना चाह रहा था कि कैसा आदमी है।"

"तुम्हारे जैसा ज़ोरदार नहीं है।" शबनम ने मानीख़ेज मुस्कराहट के साथ कहा।

"आई जस्ट वांट टू नो कि क्या कभी उसे देखकर ऐसा लगा कि मर्डर वर्डर कर सकता है।"

"नहीं लेकिन उसे मर्डर ही करना होगा तो ख़ुद क्यों करेगा। किसी से कराएगा।"

“ये भी सही है। तुम्हें कभी ऐसा लगा कि उसका मूड कभी ऐसा रहा हो।”

“कैसी बहकी-बहकी बातें कर रहे हो। मेरे पास लोग मूड बनाने आते हैं। मर्डर करने-कराने नहीं।”

“नो आई मीन टू से कि..”

“यू मीन टू से कि मैं तुम्हें उससे मिलवा दूँ।” शबनम ने नकुल का मन पढ़ते हुए कहा।

बिलकुल यही। मैं चाहता हूँ की तुम मुझे उससे मिलवा दो।

तो देर मत करो, जल्दी से ग्लास ख़ाली करो और उधर वार्ड रोब में रखे कपड़े पहन लो।

“मेरे कपड़े!”

“हाँ जब तुम नहीं होते तो तुम्हारे कपड़ों के साथ ही सोना पड़ता है न इसलिए!” इतना कहकर शबनम खिलखिलाकर हँस पड़ी। नकुल भी कपडे बदलने बाथरूम की ओर बढ़ गया।

इमारत के बाहर खड़ी अपनी मोटरसाइकिल को नज़रअंदाज़ करते हुए नकुल ने टैक्सी लेने का सुझाव दिया।

“यहाँ टैक्सी मिलना मुश्किल है नकुल। हमें स्टैंड पर ही जाना होगा।” कहते हुए शबनम आगे बढ़ गयी। नकुल भी उसके ही साथ हो लिया।

सड़क पर ख़ासी चहल-पहल थी। ज़्यादा तादाद कारों में काम से वापस लौट रहे या शाम को घूमने निकले लोगों की थी। दोनों पैदल चल दिए।

करीब सौ गज जाने के बाद अचानक नकुल को यूँ लगा मानो उसे वॉच किया जा रहा था। उसने शबनम की ओर देखा, वह मुस्कराती हुई कोई अंग्रेजी गाना गुनगुनाती साथ ही चल रही थी।

नकुल ने जेब से सिगरेट का पैकेट निकालने के प्रयास में जानबूझकर उसे नीचे गिरा दिया। फिर झुक कर उसे उठाते वक़्त दूर तक पीछे निगाह डाली लेकिन पीछे आ रहे लोगों में किसी पर भी वह पीछा करने का शक नहीं कर सका।

वह सिगरेट सुलगाकर शबनम से बोला-

"हम जा कहाँ रहे हैं?"

"सिनसिनाटी रेस्ट्रो बार।"

"क्यों?"

"क्योंकि वहीं मिलेगा तुम्हारे सवाल का जवाब यानी जरीवाला।"

"जरीवाला से तो मैं घर पर भी मिल लेता।"

"घर पर जो जरीवाला मिलेगा वो किसी काम का नहीं होगा।"

"मतलब।"

"मतलब वो बिजनेसमैन जरीवाला होगा। बार में जो जरीवाला मिलेगा वो अपनी रंगत का असल होगा।"

"तुमने अपनी कार क्यों नहीं ली।"

"क्योंकि हम दोनों ही वहाँ अलग-अलग टैक्सी से पहुँचेंगे। मैं नहीं चाहती कि मेरे साथ तुम्हें देखकर जरीवाला सजग हो जाए।"

बातें करते हुए दोनों शबनम के फ्लैट से निकल कर थोड़ा आगे चौराहे के पास पहुँचने वाले थे। टैक्सी स्टैंड उससे थोड़ा और आगे था। पीछा किए जाने का अजीब-सी बेचैनी भरा अहसास अब भी नकुल के साथ चिपका

हुआ था। शबनम ने उसकी बाँह थाम ली और जब-तब धीरे से उसे दबा देती थी। नकुल ने सड़क की दूसरी साइड में निगाहें डालीं। वहाँ से गुज़रते लोगों में भी किसी पर संदेह वह नहीं कर सका लेकिन जैसे ही वे चौराहे पर पहुँचे नकुल को लगा कि एक साया फ्लैट के नीचे से ही उन दोनों के पीछे लगा हुआ है और कुछ ज़्यादा ही ख़ुद को छिपाने की कोशिश कर रहा है। उसे यह भी लगा कि सिर से लेकर पाँव तक जितने कपड़े उसने पहन रखे हैं उसकी ज़रूरत नहीं है। नकुल ने थोड़ी दूर पर रुक गए साये की ओर देखते हुए कहा।

"एक्सक्यूज मी!"

साये ने जब देखा कि नकुल उसी से मुख़ातिब है तो वह धीरे-धीरे पीछे की ओर बढ़ने लगा।

"सुनो? हे यू?"

नकुल उस साये की पीछे तेज़ चाल से चलने लगा।

"रुको, कहाँ जा रहे हो?"

शबनम ने टोका मगर नकुल उसकी बात को दरकिनार कर आगे ही बढ़ता गया। नकुल चिल्लाया।

"मैंने कहा रुको!"

साया और भी तेज़ी से भागने लगा।

"मैंने कहा स्टॉप... अगर नहीं रुके तो शूट कर दूँगा।"

साया इतना सुनते ही दौड़ने लगा। नकुल उसके पीछे-पीछे दौड़ा। काले कपड़े में ढंका साया ऐसा मालूम होता था कि अब ज़्यादा देर नहीं दौड़ पाएगा। उसकी रफ्तार जैसे ही कम होने लगी वह दौड़ते हुए ही लाल बत्ती क्रॉस कर गया। पीछा करते नकुल ने जैसे ही ट्रैफिक पार करने की कोशिश की, बत्ती हरी हो गयी। तेज़ रफ्तार कारों की बेचैनी बढ़ गयी थी।

जैसे ही नकुल ने रोड पार करने की कोशिश की, एक तेज़ रफ्तार कार उसे छूती हुई निकल गयी। नकुल ने अगले ही पल ख़ुद को सड़क पर गिरता महसूस किया। वो अपना संतुलन बनाए रखने की कोशिश में बुरी तरह लड़खड़ाया। कार के ब्रेकों की चीख़ सुनाई दी और हैडलाइट्स की तेज़ रोशनी उसे अपनी ओर झपटती हुई लगी।

नकुल बेहोश हो चुका था। पीछा करता हुआ साया हाथ से निकल चुका था।

सुराग़

होश में आने पर नकुल ने ख़ुद को बीच सड़क पर पड़ा पाया। उसका सिर शबनम की गोद में था। रेड लाइट हो जाने की वजह से उस तरफ का ट्रैफिक रुक गया था।

नकुल को शबनम की आवाज़ तो सुनाई दे रही थी, लेकिन शब्द समझ में नहीं आ रहे थे। उसका दिमाग निष्क्रिय-सा था, आस-पास भीड़ लगी थी, लेकिन उसे चेहरे साफ़ नज़र नहीं आ रहे थे। उसकी बाई बाँह और कंधे में भयानक दर्द था। साथ ही टांग की पूरी साइड में दर्द और तेज़ जलन महसूस हो रही थी।

"इसे होश आ रहा है।" शबनम के शब्द उसके कानों में पड़े!

नकुल ने अपना सिर उठाने की कोशिश की तो मुश्किल से ही उठा पाया। फिर उसने बैठने की कोशिश की तो किसी तरह कामयाब तो हो गया, लेकिन ये काफी तकलीफ़देह साबित हुआ।

उनके आस-पास भीड़ बढ़ती जा रही थी और उससे परे वाहनों के हॉर्न चीख रहे थे!

तभी भीड़ को धकेलकर एक पुलिस वाला उसके सिर पर आ खड़ा हुआ।

"ये क्या भीड़ लगा रखी है? क्या हो रहा है यहाँ?"

जवाब शबनम ने दिया।

"यह फुटपाथ के सिरे पर खड़ा टैक्सी रोकने की कोशिश कर रहा था! अचानक ठोकर लगी और सड़क पर कारों के सामने आ गिरा।"

ट्रैफिक पुलिसवाला भीड़ की तरफ मुड़ा,

“आपमें से किसी ने कार का नम्बर नोट किया था?"

भीड़ में ख़ामोशी छायी रही। सब एक दूसरे का चेहरा देख रहे थे।

अब तक नकुल अपनी हालत का जायजा ले चुका था। पैंट का एक पायचा फट गया था और पाँव जगह जगह से छिल जाने के कारण जलन मिर्च से भी ज़्यादा असर कर रही थी।

“आप परेशान मत हों, मैं किसी गाड़ी से आपको हॉस्पिटल भिजवाता हूँ।” ट्रैफिक पुलिस वाले ने कहा।

“थैंक यूँ दोस्त! मगर चोट ज़्यादा नहीं है। हास्पिटल जाने की ज़रूरत नहीं है।” कहकर नकुल धीरे-धीरे उठकर खड़ा हो गया।

ट्रैफिक पुलिस वाले ने उसकी बात को अनसुना कर एक टैक्सी रुकवा दी। नकुल, शबनम उसमें सवार हो गए। टैक्सी में बैठने के बाद शबनम ने उसके दाएँ हाथ को अपने दोनों हाथों में थाम लिया।

“आई एम सॉरी। इतनी ड्रिंक करने के बाद मुझे तुम्हें चलने को नहीं कहना चाहिए था।”

“Don't feel guilty Shabnam. ये नशे के कारण नहीं हुआ है।”

“तो फिर!”

“स्पाइनल वाली इन्जरी के बाद जब भी हार्ट बीट बढ़ती है तो मैं अचानक ही बेहोश हो जाता हूँ।”

“तुमने पहले क्यों नहीं बताया? हम बाहर ही नहीं निकलते।” शबनम गुस्से की अधिकता के कारण लगभग रो ही पड़ी।

“मुझे कहाँ पता था कि कोई पीछा करता मिल जाएगा और मुझे उसके पीछे दौड़ना पड़ेगा!”

“व्हाटएवर! मेरे फ्लैट पर ही चलो और कुछ दिन तुम कहीं नहीं जाओगे। मेरे साथ ही रहोगे। समझे!”

“हाँ, और कोई ऑप्शन भी तो नहीं है। इस फटी पैंट के साथ और कहाँ जाऊँगा।” ऐसी हालत में भी नकुल को मजाक करते देख शबनम ने उसके गालों पर एक धीमी चपत लगा दी और फिर ख़ुद ही उसके हाथों को बेतहाशा चूमने लगी। टैक्सी वाले ने यह देखकर अपनी कार का शीशा बहार की तरफ घुमा लिया। थोड़ी ही देर की दूरी थी। नकुल और शबनम फ़्लैट पर पहुच गए। शबनम के अपार्टमेंट में पहुँचते ही नकुल काउच पर फैल गया।

"बहुत दर्द हो रहा है न?" शबनम ने नकुल के बालों में हाथ फिराते हुए पूछा-

एक दो जख्म नहीं सारा जिस्म छलनी है
दर्द बेचारा परेशां हैं कहाँ से निकले

“तुमको ऐसे मौके पर भी शायरी सूझ रही है, ईडियट।” शबनम ने नकुल के जूते उतारते हुए उसे घूरकर देखा तो नकुल मुस्कुरा दिया।

“शायरी नाम है एक दर्द के अफसाने का।”

“बकवास बंद करो तुम।” डांटते हुए ही शबनम ने उसकी फटी हुई शर्ट और जैकेट भी उतार दी।

“शुक्र मनाओ कि तुम्हारी तकदीर अच्छी थी जो बच गए।”

“तुम जो साथ थी न। मेरी तकदीर तो तुम ही हो।”

“इतनी चोट और इतने दर्द के बाद भी तुम मर्दों की बेसिक इंस्टिंक्ट नहीं जाती ना!” शबनम उठी और उठकर दूसरे कमरे से मेडिसिन ले आयी।

"यह खा लो। दर्द कम होगा।"

“क्या है यह?”

“पढ़े-लिखे हो। देख लो और जो भरोसा हो तो बिना देखे खा लो। किसी पर तो भरोसा करना सीखो।”

हाथ में दवा थमा कर भड़कती हुई शबनम दूसरे कमरे में चली गयी।

नकुल ने पहले दवा खाई और फिर बेड से उतरा और बाथरूम की तरफ बढ़ गया। फर्स्ट एड बॉक्स से दवा निकालकर टांग पर लगायी और फिर बाहर आ गया। बेड पर बैठने से पहले उसने देखा की शबनम एक ड्रिंक और बना कर रख गयी है। उसने बैठकर ड्रिंक ख़त्म की और लेट गया।

जल्द ही उसकी आँखें मूँद गयीं, दवा के असर से उसकी साँसें भारी होने लगीं और फिर वह जाने कब नींद की आगोश में चला गया।

लगभग आधी रात बीतने के बाद, नकुल अचानक ही जाग गया। स्ट्रीट लाइट की हल्की रोशनी अन्दर आ रही थी फिर भी कमरे में अँधेरा था।

उसने महसूस किया कि उसकी हालत पहले से काफी बेहतर थी, सिर में दर्द नहीं था और टाँग की जलन भी काफी कम हो गयी थी, लेकिन बाँह और कंधे में अब भी दर्द था। उसके ऊपर एक कंबल डाल दिया गया था और सिर के नीचे तकिया रखा था।

वह चुपचाप पड़ा सोचता हुआ याद करने की कोशिश करने लगा कि चौराहे पर हुआ क्या था। उसने कई ड्रिंक लिए हुए थे जिसका असर अब भी था, लेकिन वो नशे में नहीं था उसके जेहन में लगातार सवाल घूम रहे थे।

पीछा करने वाला साया कौन था?

आदमी या औरत! अपने अनुभव से उसे भरोसा था कि वह कोई औरत थी लेकिन वो जितनी तेज़ी से दौड़ रहा था यह कह पाना भी मुश्किल था, यही उसके मन में संदेह पैदा कर रहा था। अगर उसे गाड़ी का वह झटका नहीं लगा होता तो उसने आज पीछा करने वाले को पकड़ ही लिया था। कार से उसे टक्कर अनजाने में लगी थी या यह भी किसी की चाल थी? कौन था वह या फिर कौन थी वह!

कौन...?

नकुल बहुत देर तक सोचने के बाद भी किसी सही नतीज़े पर नहीं पहुँच सका। उसने जहाँ से सोचना शुरू किया था, वापस वहीं पहुँच गया। या तो

धक्का दिया ही नहीं गया था, या धक्का देने वाला वही हमलावर या कोई ऐसा व्यक्ति था जिसे पहले उसने कभी देखा ही नहीं था।

सहसा, गहरी साँस लेने की आवाज़ सुनकर नकुल चौंका और आवाज़ की दिशा में अपनी गर्दन घुमा दी। अब तक उसकी आँखें अँधेरे में देखने की अभ्यस्त हो गयी थीं।

बगल में बिस्तर के दूसरे सिरे पर शबनम नाइट गाइन में सोई हुई थी। उसने अपनी एक बाँह मोड़कर आँखों पर रखी हुई थी। उसकी साँसों के साथ उठता-गिरता उसका सीना नकुल को मदहोश कर रहा था। झीने नाइट गाउन से झाँकती उसकी क्यूबन सिगार सी टांगें नकुल की रगों में हलचल उठा देने के लिए काफी थी।

नकुल स्वयं को रोक नहीं पाया और करवट लेकर उसके अधखुले नर्म होंठों पर अपने होंठ रख दिए।

शबनम के जिस्म में हरकत हुई और उसने नकुल को अपनी बांहों में कस लिया। रात बाँहों में ही पिघल कर काफूर हो गयी।

अगली सुबह नकुल सोकर उठा तो शबनम को कॉफ़ी लिए इंतज़ार करता पाया। वो रेशमी गाउन पहने थी और बालों को जूड़े की शक्ल में बांध रखा था।

“वो तो अच्छा है कि मैंने पिछली बार ही तुम्हारे लिए दो जींस ऑर्डर कर दिए थे, वरना आज तो तुम बाहर जा भी नहीं पाते।”

“इतना ख्याल रखती हो मेरा।”

“इसीलिए तो कहती हूँ, शादी कर लो।”

“चलो, अभी कर लें।”

“जाओ! जल्दी निकलो। एक तो मर्द, दूसरा पुलिस वाला, मेरे पास तो तुम्हारी बात का भरोसा नहीं करने के दो-दो रीज़न हैं।”

“अब देखो, तुम जाने की बात करती हो।”

नकुल ने आशिकाना अंदाज़ में कहा-

“नहीं जाओगे?”

“*कौन जाए ए जफर शबनम की गलियाँ छोड़कर?*”

ये कहते हुए उसने शबनम के कंधे का सहारा लेकर उठने की कोशिश की। दर्द अब भी था लेकिन वो उठ गया। नकुल ने बाथरूम में जाकर कपड़े पहन लिए।

"तो इजाज़त है?"

"नहीं कहूँगी तो रुक जाओगे क्या?"

"तुम कहकर तो देखो।"

“चलो भागो and Take care of yourself Nakul.. और एक बात बताओ अगर मैं तुम्हें फोन करना चाहूँ तो कहाँ मिलोगे?”

“इस नंबर पर कर लेना।”

ये कहते हुए नकुल ने उसे दूसरा नंबर दिया और शाम को फिर मिलने का वादा करके बाहर निकल गया।

फ्लैट से निकलकर वो अपने घर गया। फिर अपने फ्लैट में नहा-धोकर उसने कपड़े बदले और फ्लैट लॉक करके लिफ्ट की ओर बढ़ गया।

लगभग बीस मिनट बाद वो थाने पहुँचा। मोटरसाइकिल पार्क करके वह थाने में दाखिल हुआ। हवलदार सुमनलता ने उसे कड़कदार सैल्यूट ठोंका।

उसके सेल्यूट का जवाब देकर वह अपने केबिन की ओर बढ़ा ही था कि फिर पीछे लौटा और सुमनलता को अपने केबिन में आने को कहा।

सुमनलता डेली डायरी और पेन लिए केबिन में हाजिर हुई।

“आओ बैठो सुमनलता। मुझे लगता है सुमन तुम उस रोज़ ठीक कह रही थी।”

"किस रोज सर?"

"जिस रोज विद्या रिपोर्ट लिखवाने आई थी।"

"विद्या के बारे में?"

"हाँ।"

"मैं वही कह रही थी सर, जो सब कहते हैं।"

"हाँ, मुझे भी ऐसा लग रहा है। बात जितनी साफ़ दिखती हैं उतनी है नहीं।"

"सर! कहना तो नहीं चाहिए लेकिन आप मानो या न मानो हम औरतों के पास एक तीसरी आँख होती हैं जो आँखें पढ़ लेती है। मैंने उसकी आँखों में ही झूठ पढ़ लिया था। आप उसे एक दफा शक की बुनियाद पर गिरफ्तार करें और मुझे दे दें। तोते की तरह सारी सच्चाई न निकलवा दी तो मेरा नाम सुमनलता नहीं।"

"हँसा देती हो तुम। अच्छा तुम्हें एक काम देता हूँ।"

"ऑफिस का ही काम दीजिएगा सर।"

सुमनलता की बात सुनकर नकुल मुस्कुरा दिया। अभी वह आगे बात करता तभी मोबाईल के वाइब्रेशन ने उसका ध्यान खींचा। उसने देखा मोबाईल पर रसेल का नंबर चमक रहा था।

नकुल ने तुरंत फोन उठा लिया।

"हाँ रसेल ! बोलो !"

"सर, क्या आप फौरन सेमेट्री आ सकते हैं।

"क्यों क्या हुआ! सब ठीक तो है न?"

"हाँ सर! पर मुझे लगता है मुझे कुछ ऐसा मिला है जो आपके काम का हो।"

"ठीक है! तुम वहीं रुको ! मैं थोड़ी देर में पहुँचता हूँ"

नकुल फौरन उठा और होल्स्टर में गन डालकर निकलने लगा। उसे निकलता देख सुमनलता ने टोका-

"क्या हुआ सर! आप मुझे कोई काम देने वाले थे?"

"हाँ! फ़िलहाल तो ये कि डायरी भर दो कि मैं तफ्तीश के लिए सेमेट्री की ओर निकल रहा हूँ। लगता है क़ातिल का सुराग़ मिल गया है।

नकुल तेज़ी से थाने से बाहर निकल आया। उसने अपनी जीप स्टार्ट की और सेमेट्री की ओर चल दिया। रसेल के लहजे से ज़ाहिर था कि उसे कोई ऐसा सुराग़ तो ज़रूर हाथ लगा है जिससे केस में मदद हो सकती है। यूँ भी इतने दिनों से केस यहाँ-वहाँ घूमते हुए किसी नतीजे पर नहीं पहुँच रहा था। सेमेट्री शहर से बाहर थी इसलिए नकुल को आधा घंटा लगना ही था। ऊपर से शहर के जाम ने हालत और भी ख़राब कर दी थी। लगभग दस मिनट बाद ही उसके पॉकेट में रखा मोबाईल फिर घनघना उठा। उसे लगा कि शायद रसेल ही दोबारा फोन कर रहा है लेकिन फोन पर फ्लैश हो रहे नंबर को देखकर वह चौंक गया। फोन विद्या का था। उसने फौरन फोन उठा लिया। फोन उठाते ही विद्या की डरी हुई आवाज़ सुनकर वह काँप गया।

“स...सर! ये लोग दरवाजे के बाहर हैं! मुझे मार डालेंगे! मुझे बचा लीजिये सर।” विद्या की भय से काँपती हुई आवाज़ आयी।

“कौन लोग! विद्या तुम कहाँ हो! डरो मत।”

“अपने घर पर ही सर! मुझे बचा लीजिये। ये किचन से घुसने की भी कोशिश कर रहे हैं।” सर.. सर.. विद्या अभी आगे की बात पूरी बभी नहीं कर पायी कि उसकी आवाज़ आनी बंद हो गयी।

"हैलो विद्या! हैलो...हैलो विद्या!"

नकुल ने दो-तीन दफा आवाज़ दी, मगर फोन कट चुका था।

नकुल ने फौरन फोन मिलाने की कोशिश की लेकिन तब तक ट्रैफिक लाइट हरी हो गयी थी। पीछे से आ रही गाड़ियों के हॉर्न की चीख-पुकार से वह खीझ-सा गया। उसने फौरन गाड़ी एक ओर लगाई और फिर अनिल को फोन घुमाने लगा। अनिल का फोन दो लम्बी रिंग के बाद भी नहीं उठा। उसके पास सोचने का ज़्यादा वक़्त नहीं था। रसेल के पास वो थोड़ी देर से भी जा सकता था लेकिन यहाँ किसी की जान का सवाल था। उसने फौरन गाड़ी विद्या के घर की ओर घुमा दी।

लगभग बीस मिनट की ड्राइव के बाद नकुल विद्या के घर पहुँचा। उसने अपनी गाड़ी घर से बाहर थोड़ी दूर पर ही लगायी। उसे घर पर ऐसा सन्नाटा दिखा जैसे कुछ हुआ ही न हो। वह चौकस हो गया। उसके मन में कई तरह के ख्याल तैर गए। उसने होल्स्टर से गन निकाल ली और धीमे-धीमे दरवाज़े की ओर बढ़ने लगा। उसने दरवाजे पर आहट के लिए अपने कान लगाए, लेकिन भीतर से कोई आवाज़ नहीं आई। उसने कुछ पल और इंतज़ार किया और दरवाजे पर दस्तक दी। भीतर से कोई आवाज़ फिर नहीं आई।

"विद्या!"

नकुल ने विद्या का नाम पुकारा लेकिन भीतर से फिर भी कोई आहट नहीं सुनाई दी।

"विद्या! मैं इंस्पेक्टर नकुल!"

नकुल के इतना कहते ही दरवाज़ा धड़ाक की आवाज़ के साथ खुला। विद्या उससे लिपट गयी। उसने देखा कि विद्या अस्त-व्यस्त हालत में थी। उसे देखकर ऐसा लग रहा था कि उसके साथ हाथापाई हुई हो।

लेकिन उसके लिए सुकून की बात ये थी कि विद्या जिंदा थी और फ़िलहाल मोहल्ले वालों के आगे मजमा लगाने से बचना था। इसलिए किसी के देखने से पहले नकुल विद्या को लेकर कमरे में घुस आया। कमरे में आते ही विद्या

उसकी बाँहों में झूल गयी। वो घबड़ा गया लेकिन उसके सीने से धड़कनों के उतार-चढ़ाव ने यह साबित कर दिया था कि वह जिंदा है। ढलके हुए आँचल से उभरे सीने की उतार-चढ़ाव के बीच ख़ुद को क़ाबू करना ज़्यादा मुश्किल था। नकुल ने जैसे-तैसे पहले ख़ुद को जब्त किया और फिर विद्या को एक ओर लिटा दिया। वह किचन की ओर बढ़ा। उसने देखा किचन की खिड़की खुली हुई है और उसके जंगले के बीच में लोहे के राड डाले हुए हैं। शायद राड से खिड़की तोड़कर भीतर आने की कोशिश की गयी थी और नाकाम होने पर गुंडे यूँ ही छोड़कर भाग गए थे। जो भी था, उसने वहाँ ज़्यादा समय न देकर किचन के बेसिन से एक गिलास पानी भरा और विद्या के पास आया। उसने अपने दायें हाथ की अंजुलि में पानी भरा और विद्या के चेहरे पर छिड़क दिया। विद्या के चेहरे पर कुनमुनाहट आई और उसने आँख खोल दी। उसने अपने आसपास नज़र दौड़ाई और सहमी हुई आवाज़ में बोली,

"सर! मुझे बचा लीजिये सर? वो लोग, वो लोग मुझे..."

"शांत हो जाओ, विद्या? मैं हूँ यहाँ और कोई नहीं है।"

"नहीं सर, वो लोग खिड़की के रास्ते घुस रहे थे, यहीं कहीं होंगे।"

"यहाँ कोई नहीं है विद्या। अब क्या तुम मुझे बताओगी कि हुआ क्या था।"

"सर, वो दो लोग थे। मैं अब किसी के लिए भी दरवाज़ा नहीं खोलती। पहले तो उन लोगों ने कहा कि आपके केस के सिलसिले में कोर्ट से काग़ज़ आया है। आपके सिग्नेचर चाहिए। मैंने कहा कि आप काग़ज़ दरवाजे के नीचे से डाल दीजिये मैं पढ़कर साइन करके दे दूँगी, तो उनके तेवर तीखे हो गए। वह मुझे कानून की धमकी देने लगे और फिर जब मैंने दरवाज़ा बंद करना चाहा तो मेरे हाथ पकड़ लिये, जैसे-तैसे जब मैंने हाथ छुड़वाया तो खिड़की के रास्ते घुसने की कोशिश करने लगे। तभी मैंने आपको फोन लगाया।"

"फिर उसके बाद?" नकुल ने पूछा।

"फिर उसके बाद देर तक उनके खिड़की तोड़ने की आवाज़ आती रही! मैंने किचन का साँकल भी लगाकर ख़ुद को इसी रूम के बंद कर लिया। थोड़ी देर

बाद उनकी आवाज़ आनी बंद हो गयी। फिर भी मैंने झाँककर नहीं देखा, न ही दरवाज़ा खोला।"

"अच्छा फिर क्या हुआ?"

"फिर आप आ गए उसके बाद का मुझे कुछ याद नहीं।" कहते हुए विद्या ने नकुल का हाथ अपने हाथ में ले लिया। पहले तो नकुल को लगा कि विद्या डर की मार में हैं मगर फिर थोड़ी ही देर बाद विद्या की उँगलियाँ उसकी हथेलियों पर धीमे धीमे ही हरकत करने लगीं जिससे नकुल थोडा-सा असहज हो गया। उसने अपने हाथ छुडाते हुए कहा -

"तुम दहशत में हो विद्या। तुम्हें डॉक्टरी चेकअप की ज़रूरत है। मैं इंतज़ाम करता हूँ।"

"सर, क्या आप थोड़ी देर बैठ नहीं सकते? मुझे बहुत डर लग रहा है।" ये कहते हुए विद्या ने नकुल के हाथ इस तरह से पकड़ लिए जैसे उसका उसपर कोई अधिकार हो।

"घबराओ मत विद्या, मैं यहीं हूँ। फ़िलहाल डॉक्टर ही तुम्हें इस परेशानी से बाहर निकाल सकते है।"

"सर, मुझे बहुत डर लग रहा है। मुझे अकेला छोड़ कर मत जाइए" अबकी दफा विद्या की आवाज़ में डर कम और शोखी ज़्यादा थी।

"तुम डरो मत! मैं तुम्हें अकेला नहीं छोड़ूँगा।"

विद्या को समझाकर उसने शांत कराया फिर अपना फोन बाहर निकाला। नकुल किसी को फोन मिलाने लगा। फोन दो तीन रिंग के बाद ही उठ गया।

"हैलो सुमनलता! "

"यस सर"! दूसरी तरफ आवाज़ आयी।

"ऐसा करो! विद्या का घर देखा हुआ है न तुम्हारा? तुम्हारी आज की ड्यूटी यहाँ है। कितनी देर में पहुँच सकती हो।"

"आधा घंटा लगेगा सर! कुछ अर्जेंट है?" सुमनलता ने सवालिया लहज़े में पूछा।

"हाँ बहुत अर्जेंट है। तुम फ़ौरन ही निकलो।"

"ठीक है सर, मैं पहुँचती हूँ।"

सुमनलता को आदेश देकर नकुल ने फोन काट दिया और फिर विद्या से बोला-

"घबराने की ज़रूरत नहीं है। मैंने भीतर-बाहर सब देख लिया है। अब कोई खतरा नहीं है। एक ज़रूरी काम नहीं रहता तो यूँ तुम्हें अकेला छोड़कर नहीं जाता। अभी थोड़ी देर में कॉन्स्टेबले आ जाएगी जो तुम्हारी सुरक्षा में तैनात रहेगी।"

"शुक्रिया सर। आपके लिए चाय बनाऊँ?" विद्या थोड़ी संयत होते हुए बोली।

"नहीं विद्या फिर कभी। अभी एक ज़रूरी काम है। मैं निकलता हूँ।"

कहते हुए नकुल घर से बाहर निकल आया। उदास-सी विद्या उसे छोड़ने दरवाजे तक आयी। मगर नकुल सीधा ही अपनी गाड़ी की और बढ़ गया। गाड़ी स्टार्ट कर निकलने के बाद भी दो सवाल उसके जेहन में कुलबुलाते रहे।

पहला तो यह कि पानी के छींटे मारते हुए जितनी जल्दी विद्या के चेहरे पर हरकत हुई उतनी जल्दी केवल बहाना मारकर नाटक कर रहे इंसान के चेहरे पर होती है। तो क्या विद्या बेहोश होने का नाटककर रही थी?

और दूसरा यह कि वह कौन लोग थे जो विद्या की जान लेना चाहते थे। क्या बल्ला? मगर वह तो ख़ुद ही इस केस से दूरी बना रहा था। वह ऐसा क्यों करेगा। फिर कौन था जिसने जानलेवा हमला किया था और अगर ऐसा कोई हमला हुआ था तो पड़ोसियों को जानकारी क्यों नहीं थी?

क्या उसके साथ कोई खेल हो रहा था? क्या वह किसी बड़ी परेशानी में फँसने वाला था?

मुख़बिर

विद्या के फोन के बाद नकुल उसकी परेशानी में ही इतना व्यस्त हुआ कि वह भूल गया था की उसने रसेल को मिलने का समय दिया है। उसने फ़ौरन ही अपनी गाड़ी रोकी और मोबाईल चेक किया। उसने देखा की रसेल के दो मिस्ड कॉल हैं। उसे शदीद पछतावा हुआ। उसे रसेल को बताना चहिये था कि उसे थोड़ी देर हो जाएगी। मगर अब कोई देर न करते हुए नकुल ने रसेल को फोन मिलाया! फोन उठ गया-

हैलो रसेल!

दूसरी तरफ से कोई आवाज़ नहीं आई। यूँ लगा जैसे कोई हाँफता हुआ अपने साँसे सामान्य करने का प्रयास कर रहा है। नकुल ने दुबारा कहा-

“हैलो रसेल, मैं इंस्पेक्टर नकुल! सुनो।”

नकुल के इतना कहते कहते ही फोन दूसरी ओर से डिस्कनेक्ट हो गया। नकुल ने दुबारा फोन मिलाया और फिर न जाने कितनी ही दफा फोन मिलाया। फोन नॉट रीचेबल हो गया। नकुल का डर अब उसके माथे पर पसीने के रूप में आ गया था। उसे लगा कुछ गड़बड़ हो चुकी है। उसने अपनी गाड़ी स्टार्ट की और रफ़्तार तेज़ कर दी।

लगभग बीस मिनट के बाद नकुल पुराने सेमेट्री हाउस पहुँचा। वह जानता था कि यहाँ दिन में भी रसेल के अलावा और कोई नहीं फटकता। बलजीत की लाश बाहर मिलने का ठीकरा पुराने क़ब्रिस्तान और रसेल पर ही फूटा था और लोगों ने इस क़ब्रिस्तान के बदले नये क़ब्रिस्तान को तरजीह देनी शुरू कर दी थी।

यूँ भी पुरानी वाली यह सेमेट्री शहर के बाहरी भाग में कम आबादी वाले इलाके में थी...पक्की सड़क से कट कर यह दूर कीचड़ भरे इलाके में थी। नकुल की गाड़ी उस कीचड़ वाले रास्ते में फँस जाती इसलिए उसने गाड़ी थोड़ी दूर ही खड़ी कर सेमेट्री की ओर जाने का मन बनाया।

नकुल मोटर साइकिल पार्क करके सेमेट्री की ओर बढ़ गया। चारदीवारी में बने गेट से गुज़र कर वह मेन गेट पर पहुँचा।

उसने महसूस किया कि यहाँ भी उसी तरह का सन्नाटा है जो किसी अनहोनी से पहले गहरा हो जाता है। उसने आदतन होल्सटर पर अपनी पकड़ मज़बूत कर दी लेकिन जैसा वह सोच रहा था अब तक वैसा कुछ नहीं हुआ। नकुल ने डोर बेल दबाया और दरवाज़ा खुलने का इंतज़ार करने लगा। जब दरवाज़ा नहीं खुला तो उसे लगा कि रसेल किसी क़ब्र की मरम्मत में लग गया होगा। उसने सोचा कि मेन गेट से हटकर, पीछे की ओर जाकर, वह एक दफा रसेल को देख आए। पूरे घर का चक्कर लगा लेने के बाद भी रसेल उसे नहीं दिखा। नकुल को अजीब-सी परेशानी महसूस होने लगी। दो-तीन बार खींचकर उसने डोर नॉब घुमाने की कोशिश की। उसे अंदाज़ा हुआ कि डोर अंदर से लॉक्ड था। उसने एक दफा फिर आवाज़ दी। दरवाज़ा नहीं खुला। नकुल को किसी ख़तरे का अंदेशा हुआ। वो अभी दरवाजे को पाँव से मारकर तोड़ने ही वाला था कि दरवाजे के नीचे से आती किसी चीज़ ने उसे सिहरन से भर दिया।

खून की एक पतली धार, दरवाजे के ठीक नीचे से बहती हुई बाहर आ रही थी।

नकुल ख़तरे को भाँप गया। उसे दरवाज़ा तोड़ना सही नहीं लगा। वो बायीं ओर से मकान के पिछवाड़े की तरफ बढ़ा। गराज के पिछले भाग से गुज़रते हुए एक खुली खिड़की से रोशनी बाहर आती दिखाई दो। खिड़की में लोहे के बारीक तारों की जाली भी लगी थी। नकुल ने अन्दर निगाह डाली। उसकी नज़र खिड़की से कोई दस फुट दूर, सोफे के पास कारपेट पर औंधे पड़े एक

आदमी पर पड़ी। यह रसेल ही था। हालाँकि उसके बाल इस ढंग से बिखरे हुए थे कि चेहरा बिल्कुल नज़र नहीं आ रहा था।

नकुल थोड़ा पीछे हटा और अपने जूते की एड़ी का भरपूर प्रहार सबसे निचली लाइन के शीशे वाले खाने पर कर दिया। काँच का टुकड़ा टूटकर अंदर जा गिरा। नकुल ने उस में हाथ घुसेड़ कर कुंडी खोल दी। उसने दरवाज़ा खोलकर पर्दा एक तरफ खिसकाया और भीतर दाखिल हो गया।

वह सावधानी से चलता हुआ औंधे पड़े रसेल के पास पहुँचा। उसके सिर के पिछले भाग में, घने काले बालों में एक बड़ा सुराख नज़र आ रहा था। आसपास फर्श पर उस सुराख से निकला खून फैला हुआ था। उस सुराख, बेजान शरीर और खून ने नकुल को यक़ीन दिला दिया रसेल वास्तव में मर चुका था। उसने नीचे झुककर रसेल की गर्दन छुई। लाश काफी गर्म थी। उसे मरे हुए करीब आधा घंटा भी नहीं हुआ था।

नकुल लाश से थोड़ा पोछे हट गया। ड्राइंगरूम में चारों ओर घूमने के बाद उसकी तेज़ निगाहें फिर लाश पर गड़ गयीं। लाश उस सोफे के ठीक सामने पड़ी थी जिसके पास छोटी-सी साइड टेबल पर आज का अख़बार रखा हुआ था। अख़बार में गुमशुदा उस्मान की तस्वीर छपी हुई थी। नकुल समझ गया कि हत्यारा अपना काम कर चुका है। उसने गुस्से में ज़ोर से सोफ़े पर लात मारी और हताशा में बैठ गया। थोड़ी देर तक यूँ ही बैठे रहने के बाद उसने लाश का मुआयना किया। लाश की स्थिति यूँ थी जैसे वो अंग्रेजी का ग्यारह नंबर बना रही हो। नकुल की निगाहें एक बार फिर रसेल के सिर के पिछले भाग में बने सुराख पर टिक गयीं। ऐसा लगता था कि गोली पीछे की तरफ से उसके सिर में घुसकर आगे के उस सुराख से बाहर निकली थी।

नकुल वहाँ से हटा और कालीन का बारीकी से निरीक्षण किया। नर्म कालीन पर कोई एक फुट दूरी पर पड़ी गोली पर निगाह पड़ते ही उसकी आँखें फैल गयीं।

नकुल बड़े गौर से गोली को देखता रहा। अंत में वो इस नतीजे पर पहुँचा कि रसेल को चुपचाप पीछे से आकर गोली मारी गयी है। इसलिए उसके छटपटाने के निशान भी नहीं है। उसे फौरन याद आया कि उसे यहाँ किसलिए बुलाया गया था। वो इतना तो समझ रहा था कि उस्मान की तस्वीर देखकर रसेल को कुछ याद आया होगा। शायद इसलिए उसने नकुल को कॉल किया होगा। मगर उसे देर हो गयी थी। क़ातिल एक दफा फिर उससे दो कदम आगे था। कालीन पर फैला खून पूरी तरह से सूख नहीं पाया था। उसने फौरन अनिल को फोन कर हत्या की जानकारी दी और फॉरेंसिक टीम को आने के लिए कह दिया।

दिन भर, लाश, मुआयने, रिपोर्ट इत्यादि से थका हुआ नकुल घर पहुँचा ही था कि एक फोन काल ने उसे चौंका दिया। लाइन पर एक खनकती हँसी उभरी।

"आज रात मेरे साथ एक पार्टी में चलोगे?" आवाज़ किसी औरत की थी।

"इतनी ख़ूबसूरत आवाज़ की मलिका के साथ तो जहन्नुम भी जाया जा सकता है। बताओ कब चलना है?"

"जब तुम आ जाओगे।"

"आ जाऊंगा अगर तुम अपना नाम भी बता दो?"

"क़ातिल हो तुम भी सचमुच। बिना नाम जाने ही वादा कर दिया। वैसे तुम्हारी इस बीमार को लवीना कहते हैं।"

"लवीना, बत्रा की सेक्रेटरी!" फौरन ही नकुल के दिमाग में कुछ कौंधा लेकिन अगले ही पल वो ख़ुद को संयत करता हुआ बोला-

"नौ बजे ठीक रहेगा?"

"पहले नहीं आ सकते?"

"मुझे एक ज़रूरी मीटिंग अटेंड करनी है..."

"सुन तो लो पार्टी किसकी है? शायद पार्टी तुम्हारी मीटिंग से ज़्यादा ज़रूरी हो।"

"किसकी पार्टी है?"

"जरीवाला की। क्या अब भी तुम्हारी मीटिंग इंपोर्टेंट है?"

जरीवाला की पार्टी सुनकर नकुल चौंक-सा गया। लवीना बत्रा की सेक्रेटरी है तो वह जरीवाला की पार्टी मे क्या करेगी? बहरहाल ये जानना तो ज़रूरी था। इसलिए नकुल अपनी आवाज़ मीठी करता हुआ बोला-

"नहीं हनी! अब तो तुम इंपोर्टेंट हो। बोलो कितने बजे हुक्म बजा लाऊँ?"

"आठ बजे आ जाना। मेरी कार से ही चलेंगे। डन ?"

"बिलकुल। आई विल बी देयर इन टाइम।" इतना कहकर नकुल ने फोन रख दिया। फोन रखते ही उसे याद आया कि उसने आज ऑफिस की छुट्टी ले रखी है और उसे रेगुलर चेक अप के लिए फिर डॉक्टर रहमान अली के चैंबर जाना है। वह फौरन उठा और नहाने के बाद डॉक्टर रहमान आली के चैंबर की ओर रवाना हो गया।

"गुड मॉर्निंग डॉक्टर!"

"अरे आओ आओ नकुल। मैं तुम्हारा ही वेट कर रहा था।"

"कुछ ख़ास बात डॉक्टर?"

"हाँ ! तुम्हारा पैसा ट्रांसफर हो गया है। भेजने वाले ने नाम सीक्रेट रखने को कहा है इसलिए नहीं बता रहा। फिर भी तुम जानना चाहो तो।"

"नहीं डॉक्टर मैं जानता हूँ। आपके अमेरिका वाले डॉक्टर ने कब का टाइम दिया है?"

"उसकी बेटी भी मेडिसिन पढ़ रही है। उसके फाइनल एग्जाम के बाद ही डेट दे पाएंगे। इस लिहाज से समझो तो दो महीने का वक़्त लगेगा ही।"

"ठीक है डॉक्टर। कोशिश करूँगा की ख़ुद तो तब तक जिंदा रख सकूँ।"

"डोंट वरी, ये एक दवा उन्होंने ही रिकमंड की है। उन्होने कहा है कि जब तक वह ऑपेरेशन न करें तब तक तुम इसे लेते रहो। सब ठीक रहेगा।"

"ओके डॉक्टर।"

"बैठो! जल्दी न हो तो एक आध बाजी शतरंज की खेलते हैं।"

"नहीं डॉक्टर। एक ज़रूरी मीटिंग मे जाना है, फिर कभी।"

इतना कहकर नकुल डॉक्टर के चैंबर से बाहर निकल आया। उसने बाहर आकर पार्टी में जाने के लिए एक-दो पार्टी वियर लिए और फिर घर की ओर रवाना हुआ।

शाम आठ बजे वह लवीना के साथ था और दोनों अब जरीवाला के बंगले के बाहर थे। जरीवाला की दो मंज़िला विशाल एवं भव्य कोठी थी।

पार्टी की सरगर्मियाँ अपने पूरे शबाब पर थी। रंगबिरंगी रौशनियों से जगमगाते फानूस, आर्केस्ट्रा से उभरता मधुर संगीत, शराब के छलकते जाम। एक से बढ़कर एक हसीन व महकती लड़कियाँ, खनकते हुए कहकहे, मर्दानगी भरे अट्टहास, हर तरफ ख़ुशी ही ख़ुशी, ताज़गी और उत्साह से भरपूर मुस्कुराते चेहरे नज़र आ रहे थे।

पल भर के लिए नकुल को लगा जैसे जीते जी वो जन्नत में पहुँच गया है। शहर के नामी-गिरामी व्यक्तियों की भारी भीड़ एक ओर जहाँ जरीवाला की सामाजिक प्रतिष्ठा, पहुँच और हैसियत का परिचय दे रही थी वहीं यह भी ज़ाहिर था कि वहाँ उपस्थित हर व्यक्ति किसी न किसी पेशे के पहली जमात का व्यक्ति था। बल्कि नकुल को यूँ लगा जैसे सिर्फ वही वहाँ बाक़ियों से उन्नीस है।

नकुल को उम्मीद थी जरीवाला सम्पन्न आदमी ज़रूर होगा लेकिन इतना सम्पन्न होगा ऐसी तो उसने कल्पना भी नहीं की थी। कोठी की विशालता और भव्यता और ये ठाठ बाट धन्ना सेठों जैसे थे। पानी की तरह बहाया जा रहा पैसा साफ़ नज़र आ रहा था।

"तो तुम बल्ला को चीट कर रही हो या जरीवाला को?" नकुल ने पार्टी में अपनी एकमात्र परिचित लवना से ही बात शुरू की।

"दोनों ही को!" एक शातिर मुस्कान के साथ लवीना ने कहा।

"मतलब?"

"मतलब से मतलब मत रखो। तुम्हारे मतलब की बात यह है कि मैं तुम्हें जरीवाला से मिलवा दूँ और तुम उसे इंटेरोगेट कर पाओ।"

"शातिर खिलाड़ी हो तुम।"

"मुझसे खेलने का पूरा मौका मिलेगा तुम्हें। पहले जरीवाला से खेल लो। आओ तुम्हें इंट्रोड्यूस करा दूँ।" लवीना ने कहा और नकुल के साथ आगे बढ़ गयी। चलते हुए लवीना एक लंबे कद के आदमी के पीछे जा खड़ी हुई। वो आदमी किसी बिजनेसमैन से बातों मे मशगूल था।

"एक्सक्यूज मी सर!"

"यस लवीना!" मुड़ते ही जरीवाला ने एक दिलखुश मुस्कान के साथ लवीना को देखा और फिर उसके साथ खड़े नकुल को भी ऊपर से नीचे तक निहार लिया।

नकुल ने भी गौर किया कि जरीवाला की उम्र मुश्किल से 40 साल होगी और यह भी कि उसमें औरतों को अपनी ओर आकर्षित करने का अद्भुत हुनर था। नकुल ने ये बात इसलिए भी गौर की कि जरीवाला के सामने पड़ते ही लवीना के रंग ढंग भी बदल गए थे। वह एक सम्मोहित निगाह से जरीवाल को देखे जा रही थी। जरीवाला ने भी लवीना को दिलचस्प निगाहों से देखते हुए कहा-

"लवीना! कुछ कहना था आपको?"

"आँ हाँ। सॉरी सर। एक्चुअली आपको किसी से मिलवाना था। ये हैं... ।"

ये कहते हुए लवीना ने जैसे ही नकुल का परिचय देना चाहा, उससे पहले ही जरीवाला बोल पड़ा-

"ये हैं पुलिस इंस्पेक्टर मिस्टर नकुल। हुसैनगंज इलाके में इनकी पोस्टिंग है। लखनऊ के रहने वाले हैं और हमारे केस ने इनका जीना हराम कर रखा है और उसी सिलिसिले में यह बहाने से यहाँ भी आये हैं। एक आकर्षक सी मुस्कान के साथ जरीवाला ने अपनी बात ख़त्म की। चौंकने की बारी नकुल की थी। वह जरीवाला के हाथ में हाथ मिलाये भौंचक खड़ा ही था कि जरीवाला नकुल का मन ताड़ गया। उसने मुस्कुराते हुए ही कहा-

"Don't surprise Nakul Saa'b मुझे पता था कि हम मिलने वाले हैं लेकिन इस तरह, ये नहीं मालूम था। ऐसी हैप्पेनिंग पार्टी मे इंटेरोगेशन कितना कूल आइडिया है न?"

"आप को मालूम है कि आप क्या कह रहे हैं मिस्टर जरीवाला।" नकुल ने कहा।

"हाँ बिलकुल! मुझे मालूम है मैं क्या कह रहा हूँ लेकिन आपको ही मालूम नहीं कि आप क्या कर रहे हैं। बाय द वे। क्योंकि परसो सुबह स्पेन निकल रहा हूँ और आपकी investigation में रुकावट न आए इसलिए ज़रूरी समझता हूँ कि आप जो पूछना चाहें पूछ लें।"

"Are you sure it is a good time to question you?"

"In fact Mr.. Nakul its a great time to go ahead."

"मिस्टर जरीवाला, फिर तो आप यह भी जानते होंगे कि मैं मर्डर केस के सिलसिले में यहाँ आया हूँ।"

"मर्डर केस ? कमाल है! मुझे लगा आप लास्ट मंथ हमारे शो रूम से हुई चोरी के सिलसिले में मिलने आए हैं।"

"वह केस मेरे पास नहीं है। फ़िलहाल जो है उस पर बात करें?"

"बताइए, मैं आपकी क्या मदद कर सकता हूँ।"

"आप बलजीत को जानते हैं?"

"कौन बलजीत?"

"बलजीत कान्त!"

"नहीं! मेरे ख्याल से मैंने ऐसे किसी आदमी का नाम पहले नहीं सुना है।"

"मिस्टर जरीवाला क़त्ल का मामला है, थोड़ा दिमाग पर ज़ोर डालिए!"

"देखिये दिमाग पर ज़ोर डालने की बात तो तब आती है जब मैने ऐसे किसी नाम को मैंने पहले सुना हो।"

"नेवर माइन्ड, मैं कोशिश करता हूँ... शायद याद आ जाए।" तनिक रुककर वह बोला-"बलजीत एक ज्वेलरी फर्म में मैनेजर था। उसका घर टोपे रोड पर था। पिछले दिनों क्रिस्तानि क़ब्रिस्तान के बाहर किसी ने उसकी हत्या कर दी..."

"इंस्पेक्टर साहब, इस नाम के किसी आदमी का हमारे फर्म से कोई ताल्लुक नहीं है।"

"मैंने कब कहा कि इस आदमी का आपके फर्म से ताल्लुक है।"

"तो यह सब आप मुझे क्यों सुना रहे हैं।"

"थोड़ा धीरज रखिए मिस्टर जरीवाला-अभी आप ख़ुद-ब-ख़ुद समझ जाएंगे अभी तो आपने कहा था कि आप पूरा कोऑपरेट करेंगे," नकुल वर्मा के स्वर में व्यंग्य का पुट था। वह थोड़ी देर रुका जरीवाला और लवीना के चेहरे पर खिंची लकीरें जाँची और फिर बोला –

"जिस रोज़ उसका क़त्ल हुआ उस दिन आखिरी फोन उसने मुझे किया था।"

"तो?" जरीवाला ने थोड़ी ढिठाई से कहा।

"और उसके पहले का कॉल आपको।"

"मेरी याद में ऐसे किसी आदमी का फोन नहीं आया।"

"आपके लैंडलाइन पर भी नहीं?"

"आप कैसी बेवकूफ़ों जैसी बात कर रहे हो इंस्पेक्टर। आज के ज़माने में लैंड लाइन पर की कॉल डिटेल कौन रखता है? और यूँ भी आप इतनी मजबूती से कैसे कह सकते हैं कि उसने मुझे ही फोन किया था। बीस लाख की आबादी वाले इस शहर में मैं अकेला ही तो जरीवाला नहीं।" अगर पिछले साल की डायरेक्टरी का भी हवाला दूँ तो कुछ सात जरीवाला इसी शहर में हैं। जरीवाला की आवाज़ में अब थोडा तैश था।

"मगर सातों में से अकेले आप ही ऐसे हैं जो टैगोर कालोनी में रहते हैं- 'मेरा ख्याल है, अब अगर आप याद करने की कोशिश करें तो आपको याद आ जायेगा कि दस दिन पहले फोन पर बलजीत से आपने बात की थी।"

"मैं कह चुका हूँ की मैं किसी बलजीत को नहीं जानता। आप अपना वक़्त जाया कर रहे हैं।"

"हमारा तो वक़्त इसी चूहे-बिल्ली में जाया होता है जरीवाला साहब। फ़िलहाल आपने मेरे सवाल का ठीक ठीक जवाब नहीं दिया।"

"आपके सवाल का ठीक-ठीक जवाब यह है कि मैं किसी बलजीत को नहीं जानता।"

"नहीं जानता या याद नहीं आ रहा?"

"जो समझ लें।"

"फिर तो आपको यह भी याद नहीं होगा की इस महीने की आठ तारीख तीन बजे आप कहाँ थे?"

"याद है। मैं अपने घर था। उस दिन मेरी तबीयत कुछ ठीक नहीं थी। इसलिए मैं एक बजे के करीब घर चला गया था।"

"बाकमाल बात है। आपको नाम याद नहीं मगर डेट याद है।"

"मैं रूटीन से चलने वाला आदमी हूँ।"

"खैर, मैं आपको एक हत्या के बारे में कुछ बताना चाहता हूँ। "

"माफ कीजिएगा... मेरी इसमें कोई दिलचस्पी नहीं है।"

"फिर भी सुन लें शायद कुछ याद ही आ जाए।"

"आप मानेंगे तो हैं नहीं। फरमाइए।"

"दस रोज पहले बलजीत अपने किसी काम से निकला तो था लेकिन पहुँचा क्रिस्तानी क़ब्रिस्तान के बाहर था। उसका क़ातिल वहाँ पहले से उसका इंतज़ार कर रहा था। इसका मतलब यह भी है कि वो क़ातिल से परिचित था और नहीं जानता था कि उसका कत्ल होने वाला है।"

“इंस्पेक्टर साहब मुझे आपकी कहानी में कोई दिलचस्पी नहीं नज़र आ रही।”

"सुनिए तो! शायद आगे आ जाए। कोई व्यक्ति रिवॉल्वर सहित उसकी कार के पास पहुँचा और उसे शूट कर दिया। अब सवाल यह है कि क्या उस व्यक्ति ने इरादतन बलजीत की हत्या की या संयोगवश ही ऐसा हो गया। जहाँ तक मेरा गेस है हत्यारे को शायद बलजीत से कोई चीज़ लेनी थी। अब वह चीज़ तो उसने ले ली लेकिन बलजीत को जाने भी नहीं दिया। इस कारण बलजीत को जब यह डर हुआ कि वो उसकी जान के पीछे है तो वह भागा

और भागते छुपते ही उसने मुझे फोन भी किया लेकिन उसकी किस्मत ख़राब थी। हत्यारे ने उसे मुझसे पहले ढूँढ कर गोली मार दी। पोस्टमॉर्टेम रिपोर्ट बताती है कि जिस गोली ने बलजीत की जान ली थी वह करीब दो फीट से ज़्यादा दूर से नहीं चलाई गयी थी। है न दिलचस्प बात !"

"इंस्पेक्टर!" जरीवाला बोला- "ज़रूर होगी,मगर मेरी दिलचस्पी इन सत्य कथाओं में नहीं है और मेरी समझ में नहीं आता कि आप यह सब मुझे क्यों सुना रहे हैं ?"

"क्योंकि बलजीत की आपसे सम्बन्ध स्थापित करने की कोई ठोस वजह ज़रूर होनी चाहिए।" नकुल वर्मा ने लापरवाही से कहा, फिर आगे झुक कर पूछा- "मिस्टर जरीवाला, तब तो आप किसी विद्या को भी नहीं जानते होंगे।"

"हाँ! अब आ रहे हैं आप असली मुद्दे पर। कितने पैसे दिये हैं आपको बल्ला ने।" जरीवाला ने हँसते हुए कहा।

"सवाल मैं करने आया हूँ मिस्टर जरीवाला। आपके भी सवाल का जवाब मिलेगा मगर आप फ़िलहाल मेरे सवाल का जवाब दीजिये।"

"आपके सारे सवाल मैं समझ गया इंस्पेक्टर साहब! दरअसल आप उस बेगैरत आदमी के कहने पर मुझे इस केस में घसीटना चाह रहे हैं। हाँ ! विद्या मेरे कांटैक्ट में थी। आपको ताज्जुब नहीं होना चाहिए अगर मैं कहूँ की बल्ला से रिलेटेड हर आदमी मेरे लिए ख़ास है।"

"क्यूँ ख़ास है?"

"क्योंकि मुझे उसकी पल-पल की ख़बर चाहिए। आई वांट दैट बास्टर्ड टू ड्रैग टू द रोड।"

"इस नफ़रत की कोई ख़ास वजह?"

"क्यों। उसने आपको नहीं बताया?"

"बताया है मगर मैं आपसे भी सुनना चाहता हूँ। "

"बिलकुल वही बात। मेरी बहन को जाल मे फँसाकर मेरे ही फादर की दौलत से ज्वेलरी किंग बनने वाला आदमी इतना बेगैरत है कि पैसे आते ही मेरी ही बहन को छोड़ दिया। डिप्रेशन में है मेरी बहन। बात-बात में वायलेंट हो जाती है और वो बास्टर्ड ! एक दफा देखने तक नहीं आया।"

"विद्या आपके कांटैक्ट मे क्यों थी?"

"विद्या मुझे ज्वेलरी की डिजाइन प्रोवाइड कराती थी। बदले में मैं उसे पैसे के साथ साथ ये भरोसा भी देता था कि अगर कभी बल्ला ने उसे नौकरी से निकाला तो मैं उसे रख लूँगा।"

"आपको यह तो मालूम होगा कि विद्या के पति की हत्या हो गयी है और उसी का नाम बलजीत था।"

"नहीं, और अगर हो भी गयी है तो मुझे उससे कोई मतलब नहीं।"

सच छुपाकर आप गलत कर रहे हैं मिस्टर जरीवाला। नकुल ने मख्मल में लपेटी हुई धमकी दी।

आप एक्यूज्ड से पैसे लेकर दूसरों पर झूठे आरोप लगायें तो आप सही हैं और हम अपने डिफेंस मे कुछ न बताएँ तो हम गलत ! इंस्पेक्टर साहब! माफ़ कीजियेगा आप पूरी तैयारी के साथ नहीं आये। अगली बार जब आएँ तो पक्के सबूत लेकर आएँ। मुझे अब इजाज़त दें ताकि दूसरे मेहमान भी मुझे इन्वेस्टिगेट कर पाएँ और हाँ! पार्टी में आयें हैं Tagine makfoul ट्राई कीजिएगा। यू विल लव द टेस्ट।"

कहकर जरीवाला एक बेपरवाह मुस्कान के साथ दूसरे मेहमानों की ओर बढ़ गया। नकुल लवीना के साथ अकेला रहा गया। वह अभी जरीवाला की बाबत लवीना से कुछ पूछ पाता उससे पहले ही उसका फोन फिर घनघना उठा।

फोन अनिल का था।

"हाँ अनिल और भाई! Please give me any positive news. I am fed up with these bloody failures.."

"सर, अच्छी ही न्यूज़ लगती है। गराज वाले पूरन को एक सीसी टीवी फुटेज मिला है। उसमें क़ातिल का चेहरा दिख रहा है। मैं थाने में ही हूँ। आप भी फौरन पहुँचिए।"

क़ातिल पीछे हैं

अनिल के फोन आने के बाद न जाने क्यों मगर पहली बार नकुल को लगा कि वह अब क़ातिल के बहुत करीब है। बार-बार क़ातिल उससे दो कदम आगे निकल जा रहा था। पहले बलजीत की हत्या के वक़्त फिर रसेल की हत्या के वक़्त और और उस रोज जब उसे टांग में चोट लगी थी तब भी। उसे एहसास होने लगा था कि क़ातिल उसकी हर चाल भाँपकर अपनी चाल बदल दे रहा है। इसलिए उसे क़ातिल की ही किसी गलती की तलाश थी और आज शायद वही गलती क़ातिल कर गया था। पूरन के गराज की सीसीटीवी कैमरे में अपनी पहचान छोड़ कर। नकुल फ़ौरन ही थाने पहुँचा।

"हाँ अनिल! बताओ क्या गुड न्यूज है?"

“सर, जिस गराज में गाड़ी छोड़ी गयी थी। उस गराज का ओनर पूरन आया था।”

“उससे तो हम पहले पूछताछ कर चुके हैं न! क्या कुछ नया बताया उसने?”

“हाँ सर! पिछली दफा उसने वो बताया जो हमने पूछा था। हमने उससे सीसीटीवी कैमरे के बारे मे पूछा था। तब उसने बताया था कि उसके कैमरे का बैकअप 7 दिन का ही होता है और उसने बैक अप को हार्ड डिस्क में ट्रान्सफर करने के लिए जिस कंपनी को हायर किया है वो दो एक दिन में बैकअप लाकर देगा।”

“तो अब उसने बैकअप लाकर दिया।”

“हाँ सर! उसने उसी लिए फोन किया था।”

“तो देर किस बात की चलो।”

और फिर थोड़ी ही देर बाद दोनों पूरन के गराज पर खड़े थे। पूरन अपना गराज बंद कर जाने ही वाला था कि अनिल और नकुल वहाँ पहुँचे।

पूरन उन्हें देखकर अचकचा गया। नकुल की तीखी नज़रें पूरन को देख रही थीं। इंस्पेक्टर की ये नज़र इतनी पैनी हुआ करती थीं कि अपराधी हर तरह की बनावट के बावजूद इन नज़रों को देखकर लड़खड़ा उठता था लेकिन नकुल जल्दी ही इस नतीजे पर पहुँच गया कि पूरन का एक गराज मालिक होने के अलावा और कोई रंग नहीं हैं।

पूरन सिटपिटाया हुआ खड़ा था। नकुल के देखने के तरीके से वह समझ गया था कि सामने वाला आदमी बहुत बड़ा अफसर है। नकुल हमेशा की तरह आकर्षक मुस्कुराहट के साथ खड़ा हुआ था। उसने अपनी सिगरेट सुलगाई और बोला-

"पूरन, हमें मालूम है कि तुम घर जाने की जल्दी में होगे लेकिन वो रिकॉर्डिंग फुटेज हमारे लिए बहुत इंपोर्टेंट हैं। साथ ही अगर तुम हमारे एक दो सवालों के जवाब दे पाओ तो..."

"नहीं-नहीं, साब! जल्दी की कोई बात नहीं है हुक्म कीजिए।"

"वह फुटेज कहाँ है?"

"यह रहा सर!"

पूरन ने अपने पॉकेट से एक पेन ड्राइव निकालकर नकुल की ओर बढ़ा दिया।

"क्या हम इसे देख सकते हैं?"

"सर, बिजली की कटौती है। सो मैं अपना सेंट्रल कनेक्शन बंद करवा कर ही जाता हूँ। इलेक्ट्रिशियन भी चला गया है। आपके पास लैपटॉप तो होगा सर! उसमें देख लेते हैं।"

"चलते वक़्त जल्दी में हम उसे लाना भूल गए। खैर तुम यह बताओ कि तुम्हें ऐसा क्या दिखा जिससे तुम्हें लगा कि पुलिस को बताना चाहिए?"

“सर मुझे तो यूँ भी बताना ही था, क्योंकि आप लोगों ने कहा था कि फुटेज आते ही बताना। इस फुटेज में एक चीज़ ऐसी थी जो मुझे अजीब लगी।”

“क्या?”

“सर, रात बारह बजकर दो मिनट से बारह बजकर तीन मिनट के बीच एक आदमी मेरे गराज के पास से गुज़रता दिखाई दिया, मगर पैदल। उस आदमी को मैंने पहले कभी नहीं देखा।”

“इसमें अजीब बात क्या है। आदमी बारह बजे गुज़र ही सकता है और फिर शराबी, कबाबी, आवारा लोगों का कोई वक़्त थोड़े ही होता है। ये बताओ उसके चेहरे पर कोई परेशानी का भाव था या जल्दबाज़ी।”

“नहीं साहब ऐसा तो बिलुकल नहीं लगा।”

“फिर तुम्हें अजीब क्यों लगा।”

“सर उसने रेनकोट और हैट पहन रखा था जबकि बारिश बंद हो चुकी थी। मगर जब उसे देखकर कुत्तों ने भौंकना शुरू किया तो उसे हैट और रेनकोट उतारना पड़ा।”

"क्या उसके साथ कोई आदमी भी था? क्या वह कोई चीज़ लिये हुए था ?"

“नहीं आदमी तो नहीं था लेकिन सर, उसके हाथ में एक बैग था।”

"बैग का रंग?"

"ठीक तरह याद तो नहीं है साब, पर मेरा खयाल है कि चमड़े का वह बैग काले या गहरे नीले रंग का था।"

“और कुछ जो तुम्हें अजीब लगा?”

“अजीब तो नहीं, लेकिन ये ज़रूर था कि वह अपने बैग में से निकालकर अनानास के छिलके फेंक रहा था। हो सकता है घर जाने से पहले बैग खाली कर रहा हो।”

“अनानास?”

“जी सर?”

“तुम कैसे कह सकते हो कि वह अनानास ही था। क्या फुटेज में यह साफ़ है। अगर अनानास का दिखना साफ़ है तो आदमी कि शक्ल भी साफ़ होगी।”

“नहीं सर शक्ल तो नहीं दिखी! लेकिन मुझे याद है कि उस रोज या उसके आसपास गराज के पास बहुत से अनानास के छिलके और गूदे फेंके गए थे। मैंने अपने लड़कों से कह कर उसे साफ़ करवाया था। इसलिए दावा तो नहीं करता लेकिन मुझे विश्वास है कि वो अनानास के छिलके ही निकाल कर फेंक रहा था।”

“तो यह बाद तुमने हमे पहले क्यों नहीं बताई।” खीझते हुए ही नकुल ने तेज़ आवाज़ में कहा।

“सर, अनानास के छिलके के बारे मे बताना भी ज़रूरी बात होगी यह मैं नहीं जानता था, वरना आपको बताता कि रोज सब्जी बेचने वाले लौटते वक़्त मेरे गराज के बाहर ही सड़े गले आलू, परवल, और केले भी फेंक जाते हैं।”

“ठीक है, ठीक है। झोले पर कुछ निशान था।”

कुछ लिखा हुआ तो था मगर याद नहीं।”

"याद करने की कोशिश करो कि क्या लिखा हुआ था?"

"अंग्रेजी में कुछ लिखा था साब !" पूरन ने बताया, फिर झेंपते हुए बोला, "मैं अंग्रेजी नहीं जानता हूँ।"

“ठीक है पूरन... थैंक्स। तुमने जितनी जानकारी दी उससे हो सकता है कि तुम्हारी ज़रूरत फिर पड़े। बिना बताए शहर मत छोड़ना। अब तुम जा सकते हो रात बहुत हो गयी है।"

“शुक्रिया साहब”

पूरन आगे की ओर बढ़ गया। नकुल ने अनिल को मोटरसाइकिल पर बैठाया और पुलिस स्टेशन की ओर चल दिया।

“आपको इसकी बातों में कुछ काम की बात नज़र आयी।“

“हाँ ! अनिल। बलजीत का क़ातिल मिल गया है।”

“क्या? क्या कह रहे हैं सर!”

“हाँ अनिल! अगर मैं सही सोच रहा हूँ तो क़ातिल का पता मिल गया है। “

“कौन है वो सर?”

“यही नकाबपोश!”

“ये रेनकोट वाला जिसके बारे में पूरन कह रहा था।”

“हाँ! बिलकुल यही।”

“और वो कैसे अभी तो आप कह रहे थे कि रात को शराबी कबाबी, आवारा सभी घूम सकते हैं।”

“हाँ लेकिन तब पूरन ने एक महत्वपूर्ण बात नहीं बताई थी।”

“और वो बात क्या थी सर!”

“अनानास!”

“क्या ! अनानास! कम ऑन सर! अब अनानास से क़ातिल पकड़ेंगे! ये तो केशव पंडित का नॉवेल हो गया। 'अनानास से मरेगा क़ातिल!' हँसाइए मत। वरना मोटरसाइकिल गिर जाएगी और फिर हमारा अनानास मेरा मतलब है सत्यानाश हो जाएगा।”

“जानते हो अनिल। ऑन द बेसिस ऑफ प्लानिंग, मर्डर ब्राडली दो तरह के होते हैं। प्रीमेडीटेटेड मर्डर एंड स्पोंटेनियस मर्डर। स्पोंटेनियस मर्डर में क़ातिल सुराग़ छोड़ जाता है। प्रीमेडिटेड मर्डर में सुराग़ ढूँढने पड़ते हैं और इसलिए छोटी से छोटी बात को नज़रअंदाज़ नहीं किया जा सकता।”

"समझता हूँ सर लेकिन अनानास?"

"थाना आ गया है। चलो, फुटेज देखते हैं फिर तुम्हें अपनी बात बताता हूँ।"

इतना कहकर नकुल चुप हो गया। अनिल ने मोटरसाइकिल शेड मे लगाई और फिर दोनों थाने में दाखिल हो गए। ड्यूटी अभी अनिल की ही थी। इसलिए किसी को बताने की ज़रूरत नहीं थी कि वह कहाँ से आ रहे हैं। अनिल और नकुल सीधे सर्वर रूम पहुँचे और मेन डेस्कटॉप में पेन ड्राइव लगाया और फुटेज देखने लगे। ग्यारह बजे से बारह बजे तक के फुटेज में तो कुछ ख़ास नहीं था इसलिए अनिल उसे आगे बढ़ा देना चाहता था लेकिन नकुल एक एक पल की बारीकी देखना चाहता था। अचानक कुछ देखकर अनिल उछल पड़ा।

"ये देखिए, बारह बजकर तीन मिनट पर एक आदमी निकलता हुआ दिख रहा है। ये फेंका इसने हाथ से कुछ। पूरन के हिसाब से अनानास और ये देखिये इसे कुत्तों ने घेर लिया है लेकिन ये भाग नहीं रहा है। ये उतारी इसने रेनकोट और ये उतारी इसने अपनी हैट।"

"ज़ूम करो। ज़ूम करो और इसके चेहरे पर स्टिल करो।" नकुल ने व्यग्रता से कहा।

"इसे कहीं देखा है सर!"

"इसकी कद काठी के लोग दर्जन के भाव दिखते हैं। एक काम करो इसके मेजर्स मैच करवाओ अपने डाटा बेस से।"

नकुल ने डाटा अनालिसिस्ट को काम पर लगाया। नाइट ड्यूटी से ऊबा हुआ डाटा अनालिसिस्ट जम्हाई लेते हुए काम पर लग गया। उसने गराज से निकलते हुए आदमी के चेहरे के मेजर्स लेते हुए जब कमांड दिया तो कंप्यूटर पर एक चेहरा नुमाया हो गया। उस चेहरे को देखकर अनिल चौंक गया। वो बुदबुदाया-

"सर! ये तो उस्मान है!"

“कौन उस्मान?”

"सर, आप उस्मान चाय वाले को नहीं जानते ! "

"कह तो ऐसे रहे हो जैसे देश का नंबर वन मोस्ट वांटेड है? नहीं जानता भाई! है कौन ये उस्मान।"

अनिल थोड़ा रुका फिर उसने कहना जारी किया-

"सर! यह आपके इस थाने मे पोस्टिंग से पहले की बात है। उस्मान एक उचक्का था। हर दसवें बीसवें दिन किसी न किसी जुर्म मे अंदर बाहर होता रहता था। तब एक साहब हुआ करते थे गनी साहब। उनको न जाने इसमें क्या दिखा। शायद कौम की बदनामी दिखी होगी। सो उन्होंने थाने के बाहर ही इसकी चाय की रेहड़ी लगवा दी ताकि ये किसी काम धंधे मे लग जाये और सुधर जाये।"

"और ये सुधर गया?"

"हाँ भी और नहीं भी।"

"मतलब!"

“मतलब ये की उस्मान ने ख़ुद चोरी छोड़ दी और सुपारी लेने लगा। पुलिस वालों से पहचान हो जाने के कारण वह और भी ज़्यादा बेलगाम हो गया।”

"मुझे तो साल भर से ऊपर हो गए आए हुए लेकिन मैंने तो इसे नहीं देखा।"

"डेढ़ साल से ऊपर हुए जब प्रशासन ने अवैध निर्माण हटाने शुरू किए तो इसकी भी रेहड़ी हटा दी। तब इसने ख़ूब हंगामा भी किया था, लेकिन उसके बाद लापता ही रहा और अब...?"

"और अब फिर दोबारा दिखा है...यही न...?"

"जी सर !"

"यही खूनी है बलजीत का।"

"वो तो ठीक है लेकिन ये बात इतने दावे से कैसे कह सकते हैं।"

"ट्रेनिंग के वक़्त बेसिक इंवेस्टिगेशन वाली किताब ध्यान से पढ़ी होती तो यह बात नहीं कहते।"

"सर अब बताइये भी। बेइज्जत करने के लिए बीवी और आईजी साहब ही काफी हैं।"

"उस्मान का घर जानते हो?"

"हाँ! सर। यही पास में ही उसका घर है लेकिन इतनी रात को जाना ठीक रहेगा?"

"मजबूरी है! मोटरसाइकिल निकालो।"

"सर आपके अनुसार अगर यही खूनी है तो हमे एडिशनल स्क्वायड लेकर नहीं चलना चाहिए?"

"हम दो लोग हैं और सरकारी हथियार भी साथ है। अब अगर इसके बाद भी एक आदमी को पकड़ नहीं कर पाए तो नौकरी छोड़ देनी चाहिए।"

नकुल बाहर निकल गया। अनिल ने बेमन से ही मोटरसाइकिल निकाल ली थी। थोड़ी ही देर में अनिल और नकुल बस्ती के बाहर थे। उन्होंने मोटर साइकिल गली के मुहाने पर ही छोड़ दी थी ताकि उसकी आवाज़ से उस्मान सचेत न हो जाए। वो अब ठीक उस्मान के घर के सामने थे।

इस मकान के दायें-बायें वाले प्लाट खाली पड़े हुए थे। तीसरी मंज़िल पर बनी बरसाती के लिए आगे से अलग रास्ता बना हुआ था। इंस्पेक्टर अनिल और नकुल जब बरसाती में पहुँचे तो वातावरण में गहरा सन्नाटा था। नकुल का शक ठीक निकला था। कमरे पर लटका ताला जैसे दोनों को मुँह चिढ़ा रहा था। अनिल ने ताला खोलने की बजाए पेचकस से कुंडी ही खोल दी और वे भीतर पहुँच गए। नकुल ने लाइटर जलाकर स्विच तलाश किया। थोड़ी देर में कमरा बिजली की रोशनी से भर उठा।

उस्मान के कमरे की सारी चीज़ें अस्त-व्यस्त थीं। बिस्तर उलटा पड़ा हुआ था। बक्सों का सामान बाहर फैला हुआ था और कुछ किताबें, जिनमें सस्ते

किस्म के उपन्यास और सेक्स की किताबें थीं, यहाँ-वहाँ बिखरी पड़ी हुई थीं। लब्बो-लुबाब ये था कि यह कमरा उस्मान के अकेलेपन की घोषणा-सा करता दीखता था।

कमरे से अटेच्ड बाथरूम और लैट्रीन का बारीकी से निरीक्षण करने के बाद इंस्पेक्टर नकुल की नज़र कोने में पड़े एक बैग पर जा ठहरी। उसे पूरन के शब्द याद हो आये-गहरे नीले या काले रंग का चमड़े का बैग, जिस पर अंग्रेजी में कुछ लिखा था। ठीक वैसा ही बैग इस समय उस्मान के कमरे के कोने में पड़ा हुआ था। उसने धीमे से वह बैग रूमाल से पकड़कर उठा लिया। बैग खाली था, लेकिन उसमें कुछ ऐसा था जिसे देखकर नकुल का सिर घूम गया। उस बैग में अनानास का एक छिलका अब भी पड़ा हुआ था।

इस्पेक्टर अनिल अनमने मन से नकुल की कार्रवाई देखता रहा। उसे लग रहा था जैसे नकुल बेकार की बातों में माथापच्ची कर रहा है। उसके हिसाब से इस तरह हत्या या हत्यारों का सूत्र पा सकना नामुकिन था लेकिन वो अपनी ऊब नकुल पर ज़ाहिर नहीं कर सकता था।

नकुल ने बैग टेबल पर रखा और एक सिगरेट सुलगाकर साथ रखी कुर्सी में धँस गया। उसकी तीखी नज़रें कमरे के भूगोल का जायज़ा लेती रहीं। अचानक ही नकुल बोल उठा-

"अनानास में एक एंजाइम होता है- ब्रोमेलाइन। इसकी ख़ासियत यह होती हैं कि यह फिंगर प्रिंट्स को रिमूव कर देता है। यह डाइजेस्टिव एंजाइम है जो लंबे यूज में चमड़े को गला देता है। वेस्टर्न कंन्ट्रीज़ के फार्मर्स, उनके खेत चर जाने वाले जानवरो को मारकर अनानास के गूदे और छिलकों से भर देते थे जिससे की थोड़े ही वक़्त में केवल हड्डियों का ढाँचा बच जाता है। अगर हाथ पर वैक्स और ऑयल ज़्यादा न लगी हो तो ब्रोमेलाइन फिंगर प्रिंट रिमूव कर देता हैं।"

"स्ट्रेंज!" मगर इतना ज्ञान उस्मान को होगा यह असंभव-सी बात लगती है।

असंभव कुछ नहीं है अनिल। कहावत है कि जो अलीगढ़ी ताला बनाता है चाभी भी तो वही बनाता है। खैर तुम यह बताओ कि उस्मान के बारे में आसपास के लोग क्या कहते हैं?"

"बहुत ज़्यादा नहीं जानते। सिर्फ इतना कि वो कम बोलता था। देर रात ही घर लौटता था और इधर कुछ दिनों से पैसे को लेकर परेशान था। इस मकान का मालिक सऊदी में रहता है। उसे घर की देखभाल के लिए उस्मान जैसा आदमी ही चाहिए था सो उसने उसे यह मकान दे दिया था।"

"हम्म।"

नकुल चुप हो गया और थोड़ी देर चुपचाप बैठा धुएँ के छल्ले बनाता रहा; फिर अचानक ही वह उठा और बाथरूम में जा पहुँचा। फिर एक-एक चीज़ का दोबारा बारीकी से देखने लगा। उसने नल खोला। पानी नहीं था। शायद इस इलाके में रात के वक़्त पानी नहीं आता होगा। फिर वह साबुनदानी पर झुक गया साबुन की टिकिया पर एकाध बाल लगे हुए थे। उसने बड़ी सावधानी से टिकिया पर लगा एक बाल उतार लिया। अचानक उसकी नज़र एक ओर पड़ी बालों की जाली पर जा ठहरी। रेशम की यह बारीक़ जाली बालों के जूड़े में लगाने के काम आती थी। इंस्पेक्टर नकुल का दिमाग तेज़ी से चलने लगा था। वो थोड़ी देर बाद ड्रेसिंग टेबल के सामने आ खड़ा हुआ। इस टेबल पर मँहगी क्रीमें, पाउडर और मेकअप का बढ़िया सामान मौजूद था, हालांकि ऐसा लगता था कि किसी ने उसके आने से पहले कमरा अस्त-व्यस्त कर डाला था। या फिर यूँ भी हो सकता था की उस्मान ने ही भागने के चक्कर में कमरा अस्त व्यस्त कर दिया हो। नकुल टेबल पर पड़ी हर चीज़ को देर तक गौर से देखता रहा।

वो फिर से कुर्सी पर बैठकर सिगरेट सुलगाते हुए सोच में डूब गया था। बाल की जाली ने उस्मान के बारे में मिली सारी जानकारी को एक बार गड़बड़ा दिया था। यह जाली इशारा कर रही थी कि उस्मान कम-से-कम लड़कियों के मामले में दूध का धुला नहीं था।

फिर भी इंस्पेक्टर नकुल खुश था, फ़िलहाल बलजीत की हत्या का एक सिरा उसे मिला था और अब वह अंधेरे मे तीर नहीं मार रहा था। वह मुतमइन था कि अब वह हत्यारे तक और हत्या के कारण तक पहुँच जाएगा। हत्यारा यानी उस्मान। अब उसकी खोज उसे उस्मान की ओर ले जा रही थी।

कुछ गुत्थियाँ, कुछ पेंच, कुछ केस, समय ही सुलझाता है। बलजीत मर्डर केस पतंग के उन फँसे हुए माँझों की तरह थी जिनका एक सिरा मिलता तो दूसरा उलझ जाता। एक गुत्थी सुलझाते सुलझाते दूसरी गुत्थी आगे आ जाती। बलजीत से होते हुए मोटे आदमी और फिर रसेल तक पहुँचती यह गुत्थी नकुल का सिरदर्द और बढ़ा ही रही थी। फ़िलहाल उस्मान ही उसकी केस की धुरी था और वह ऑफिस में बैठा हुआ उस्मान के घर से मिले हुए सबूत के आधार पर रिपोर्ट बना रहा था। वह अपने काम में खोया ही रहता अगर सुमनलता ने दरवाजे पर आकर दस्तक न दी होती।

"मे आई कम इन सर।"

"हाँ सुमन कहो।"

"सर, एक रिक्वेस्ट थी।"

"अच्छा उससे पहले यह बताओ कि तुम्हारी ड्यूटी अभी विद्या के घर ही है न?"

"जी सर, लेकिन बड़े साहब ने वर्बल ऑर्डर दिया है कि फ़र्स्ट हाफ के बाद यहाँ आकर सेकंड हाफ यहाँ ड्यूटी देनी है।"

"हाँ ठीक ही है। मुझे लगता है कि अब ज़रूरत भी नहीं है।"

"हाँ सर मुझे भी लगता है कि अब उसे मेरी ज़रूरत नहीं है।"

"ठीक है, मैं तुम्हारी वहाँ वाली ड्यूटी बंद करा देता हूँ और आदेश करो, किस लिए आयी थी?"

"शर्मिंदा न करें सर।"

"अरे कहो, तुम किसी ख़ास काम से आयी थी?"

"सर पासपोर्ट बनवाना है, उसके लिए NOC चाहिए।"

"अरे! वाह! विदेश जाने का प्रोग्राम है क्या?"

"अपनी किस्मत मे विदेश कहाँ सर। बस ऑफिस में लोग कहते हैं कि बनवा लेना चाहिए तो बनवा के रख लेती हूँ।"

"ज़रूर लेकिन NOC तो आईजी साहब देंगे न?"

"उन्हीं के पास गयी थी और उन्होने कहा आपसे फॉरवर्ड करा कर ले आउँ।"

"अच्छा कोई बात नही। तुम ऐसा करो, डॉक्युमेंट्स यहाँ छोड़ जाओ। मैं लंच के बाद देखकर कर दूँगा।"

"ओके सर।"

सुमनलता ने सारे काग़ज़ नकुल की टेबल पर रख दिये।

लगभग आधे घंटे तक नकुल अपने काग़ज़ी कामों में उलझा रहा। फिर जब अपने काम से फारिग हुआ तो उसने देखा की सुमनलता के दिये काग़ज़ उसके डेस्क पर फड़फड़ा रहे हैं। वह काग़ज़ पर हाथ लगाने से पहले सोच में डूब गया। उसे अपनी भविष्य की चिंता हो आयी। वह सोचने लगा कि अगर उसे थोड़ी और लंबी ज़िंदगी मिली होती तो यूरोप देखने की उसकी भी बचपन की हसरत थी। उसने नौकरी से पहले ही अपना पासपोर्ट बनवा लिया था, जो की अब बिना इस्तेमाल हुए ही बेकार होने वाला था। वह उठा और बाथरूम की तरफ बढ़ गया। चेहरे पर पानी के छींटे मार कर उसने रुमाल से अपना चेहरा पोंछा फिर डेस्क की तरफ बढ़ गया। उसने सुमनलता के काग़ज़ उठाए और उस पर साइन करना शुरू कर दिया। लगभग दो-तीन काग़ज़ों

पर साइन करने के बाद उसकी कलम ठिठक गयी। उसकी नज़र दसवीं के डेट ऑफ बर्थ वाली सर्टिफिकेट पर जम गयी। बॉय कट बालों में लगी सुमन लता की तस्वीर देखकर उसे हँसी-सी आ गयी। उसने कई बार पुलिस वालों में सुमन लता की कद काठी और उसकी हथेलियों की कठोरता को लेकर हँसी मज़ाक सुना है। कई बार उसे ख़ुद भी यह बात महसूस हुई है कि सुमनलता बाक़ी लेडी कांस्टेबलों के मुक़ाबले ज़्यादा सख्त है। उसने मुस्कुराते हुए दसवीं के उस बच्चे सरीखी तस्वीर को देखा और फिर आगे बढ़ गया लेकिन फिर अगले ही पन्ने पर उसने कुछ ऐसा देखा जिससे की उसके जिस्म में सिहरन सी दौड़ गयी। उसने फौरन काग़ज़ समेट कर दराज मे रख दिये और घर की ओर निकल गया।

नकुल तेज़ी से मोटरसाईकिल चलाते हुए घर पहुँचा और आनन-फानन में ही एक जोड़ी कपड़े निकालकर एक ट्रवेलिंग बैग में डाल लिए और बिना किसी को बताए चुपचाप निकल गया।

वह निकला तो चुपचाप ही था लेकिन अपने सोच में डूबे होने के कारण वो ये नहीं नोटिस कर पाया कि उसे निकलते हुए एक जोड़ी आँखों ने देख लिया है।

हुसैन गंज। यही उस गाँव का नाम था जो विद्या ने अपनी रिपोर्ट में लिखवाया था। आज नकुल इसी गाँव में आया था। उसे लगा था कि शुरुआत वहीं से करनी चाहिए जहाँ से सब शुरू हुआ था। वह लोगों से विद्या का घर पूछते हुए आगे बढ़ा। उसने महसूस किया की जिससे भी वह विद्या का घर पूछ रहा है वो उसे अजीब सी नज़र से देख रहा है। उनकी नज़रों से झांकते सवालों को उसने जानने की कोशिश की लेकिन सब बहाना बना कर निकल गए।

अजीब सी मनहूसियत के साथ वह आगे बढ़ा। विद्या का घर गाँव के बाहरी छोर पर था। अजीब सा भारीपन लिए वह उस घर की ओर बढ़ा। घर के बाहर पहुँच कर उसने लकड़ी के दरवाजे का साँकल खड़खड़ाया। दूसरी बार साँकल खड़खड़ाने से पहले दरवाज़ा खुल गया। बदन पर सिर्फ धोती लपेटे हुए एक बीमार से बुज़ुर्ग ने दरवाज़ा खोला और बेजान नज़रों से नकुल को

देखने लगा। नकुल को अजीब तो लगा लेकिन उसे दरकिनार कर अपनी पूछताछ शुरू कर दी।

"विद्या का घर यही है?"

इतना सुनते ही बूढ़े के चेहरे में डर के भाव तैर गए। उसने फौरन ही घबराती और कमज़ोर आवाज़ में पूछा-

"आप पुलिस वाले हैं?"

अचानक ही आए इस सवाल से नकुल असहज तो हुआ लेकिन उसने फिर भी मुख़्तसर सा जवाब दिया

"हाँ! मैं इंस्पेक्टर नकुल।"

नकुल अभी अपनी बात पूरी भी नहीं कर पाया था कि बूढ़ा उसके पैरों पर गिर गया-

"साहब, मुझे माफ कर दीजिये साहब। मेरा उससे कुछ लेना देना नहीं है। मेरा उससे कोई रिश्ता नहीं है।"

"अरे आप ऐसा मत कीजिये? और घबराइए मत। मैं बस सामान्य पूछताछ के लिए आया हूँ। आप बिलकुल भी मत घबराइए।"

"साहब, मेरा उससे कोई संबंध नहीं है। जब से वह घर छोड़ के भागी तब से ही मेरा..."

"आप पानी पीजिए पहले...," कहते हुए नकुल जैसे ही अपने बैग से पानी की बाटल निकालने को मुड़ा तो बूढ़े ने कहा-

"नहीं साहब पानी है मेरे पास। आप भीतर आइए"

बूढ़ा दरवाजे से हट गया। नकुल उसके पीछे पीछे घर के भीतर आ गया। दो कमरे के उस पुराने मकान में बूढ़ा आगे वाले कमरे में ही रुक गया। नकुल ने भी अपना बैग उतारा।

"साहब एक ही कुर्सी है। आप बैठ जाएँ।"

कुर्सी पर बैठते हुए ही नकुल ने पूछा।

"एक ही तो बेटी भी है न आपकी।"

"है नहीं साहब थी। आठ बरस पहले ही मेरा उससे कोई संबंध नहीं रहा।"

"क्यों।"

"घर की मर्यादा और मेरी इज्जत दोनों डुबा रही थी। बातें बनने लगी थीं उल्टी-सीधी।"

"और उल्टी-सीधी बातों पर आपने भरोसा कर लिया?"

"नहीं करता साहब अगर एक रोज़ अपनी आँखो से न देख लिया होता। कुछ ऐसा देख लिया जो बताते हुए भी शर्म आती है। मुझे लगा कि बिन माँ की बच्ची का मैं ठीक से ख्याल नहीं रख पाया इसलिए उसकी शादी तय कर दी।"

"बलजीत से?"

"कौन बलजीत!"

"बलजीत कान्त!"

"पता नहीं साहब! शादी के दिन ही गायब हो गयी। गाँव के मुखिया के कहने पर ही उसकी शादी भी लगायी थी। गाँव वालों ने मेरा हुक्का-पानी बंद करने का फ़रमान जारी कर दिया। मेरे पास उससे संबंध ख़त्म कर लेने के अलावा और कोई चारा नहीं रहा। उसने कुछ किया हो तो मुझे उसमें मत घसीटिएगा साहब।"

"नहीं, नहीं! आप निश्चिंत रहें। बस यह ख़बर है कि विद्या का पति था बलजीत कान्त। वह मर गया है।"

नकुल ने देखा कि ये कहते ही बूढ़े के चेहरे पर पहले तो आश्चर्य और फिर दुख की लकीरें खिंचती चली गयीं। बेटी के विधवा हो जाने का दुख उसे अपनी बदनामी के दुख से ज़्यादा लगा। दो मिनट तक आकाश ताकने के बाद बोला-

"ऊपर वाला दुखों का हिसाब दुखों से ही करता है साहब। बेटी है उसके लिए दुख तो होता ही है मुझे पर एक बिनती है आपसे।"

"कहिए।"

"उससे कहिएगा, यहाँ न आए। उसका पति अब मरा होगा लेकिन मेरे लिए वह बहुत पहले ही मर चुकी है।"

"ऐसी बात नहीं कहते और यूँ भी आपकी सूचना के लिए बता दूँ कि विद्या को ऐसी कोई कमी नहीं दिखती कि उसे यहाँ आने की ज़रूरत पड़े। हाँ अलबत्ता आप चाहें तो विद्या के पास चल सकते हैं।"

"नहीं साहब, अब तो उससे ऊपर वाले के घर में ही मुलाकात हो तो बेहतर। जैसी रूखी सूखी है इज्जत के साथ बसर कर रहा हूँ। अब जाने के दिनों में क्या एहसान लेना। "

"अच्छा! एक बात बताइये! विद्या जब यहाँ से गयी होगी तो उसके पुराने सामान तो यहीं रह गए होंगे। क्या मैं वह देख सकता हूँ?"

"दूसरा कमरा उसी का था साहब। बेटी बड़ी हो रही थी तो एक कमरा और बनवा दिया था, वरना हम तो इसी कमरे में जीते मरते खुश थे। उसके जाने के बाद से उसके कमरे की बस सफाई ही की है। समान अब भी वैसा ही पड़ा होगा। आप देख सकते हैं। मगर एक बात पूछूँ साहब?"

बूढ़े ने कातर नज़रें नकुल की ओर उठाईं।

"पूछिये न, संकोच मत कीजिए।"

"क्या आप मेरी बेटी विद्या पर हत्या का शक कर रहे हैं?"

"कुछ कह नहीं सकता। सच कहूँ तो बहुत अजीब सी लगी मुझे विद्या। न कुछ खुलती है न कुछ छिपाती है। संदेह से तो कोई भी बाहर नहीं।"

"जैसी प्रभु की इच्छा! यह कमरा है साहब!"

बूढ़े ने नकुल के लिए दूसरे कमरे का दरवाज़ा खोला। कमरे में घुसते ही जो पहली चीज़ नकुल ने नोटिस कि वो ये थी कि बूढ़ा आदमी अपनी बेटी से बेहद प्यार करता था। उसने उस कमरे की लगभग रोज ही सफाई की थी। दराज मे पड़ी कुछ किताबें और डायरियाँ पीले पड़ गए थे। हाथ के बने कुछ खिलौने और टेबल क्लॉथ दराज़ में संभाल कर रखे हुए थे। नकुल ने कमरे और सब सामान पर एक नज़र दौड़ाने के बाद बूढ़े से कहा-

"मैं ज़रा इन चीज़ों को देखूँगा। मुझे वक़्त लगेगा। आप चाहें तो बाहर बैठें।"

"नहीं साहब! आप अपना काम कीजिए बस एक आग्रह है, इसके समान को ख़राब मत कीजिएगा।"

"हाहा, एक ओर तो आप उसकी शक्ल भी नहीं देखना चाहते हैं और दूसरी ओर आपको उसके बिखरे सामान से इतना लगाव है। यह थोड़ा अजीब नहीं है?"

"अजीब तो ज़िंदगी ही है साहब। बेटी बाप को छोड़ के एक ऐसे आदमी के लिए चली जाती है जिसके बारे में वो कुछ जानती तक नहीं और फिर मेरा यह गुस्सा तो जीवन भर का है। मेरे जाने के बाद अगर वो आए तो उसे उसका सामान वैसे ही मिले, बस इसी सोच के साथ इसे रोज झाड़ता पोंछता रहता हूँ।"

"आप निश्चिंत रहें। मैं ध्यान रखूँगा।"

नकुल दराज खोलकर देखने लगा। बूढे ने पूछा, "आप नींबू की चाय पियेंगे साहब?"

"ज़रूर!"

नकुल ने एक हल्की-सी मुस्कुराहट के साथ बूढ़े को देखा। बूढ़ा कमरे से बाहर चला गया।

नकुल ने एक साथ पाँच किताबें उठाईं और मेज पर रख दी। किताबों के पीछे उसे एक डायरी दिखी। उसने वो डायरी निकाल ली। पहले ही पन्ने पर लिखा था-

तुम बिन जी ना पाएंगे
हम तो सनम मर जाएंगे

नकुल के चेहरे पर मुस्कुराहट तैर गयी। छोटी उम्र के प्यार से पगी डायरी मे ऐसे ही जज़्बात बिखरे पड़े रहते थे। दो चार पन्ने और पलटने पर भी उसे ऐसी ही लाइन और शायरियाँ पढ़ने को मिलीं। वह तेज़ी से पन्ने पलटता गया और फिर एक पन्ने पर जाकर ठिठक गया। डायरी मे एक तस्वीर थी। जिसे देखकर उसके चेहरे पर आश्चर्य मिश्रित सफलता तैर गयी। वो अभी बूढ़े से कुछ पूछ पाता इससे पहले ही एक आवाज़ ने उसका ध्यान खींचा-

"तो आपने मुझे ढूँढ ही लिया इंस्पेक्टर साहब?"

नकुल आवाज़ की ओर मुड़ा लेकिन कुछ देख नहीं पाया।

आख़िरी क़त्ल

सर पर लगी चोट नकुल के लिए जानलेवा हो सकती थी लेकिन ऐसा लगता था कि हमलावर उसे मारना नहीं चाहता था। अभी कुछ ऐसा बाक़ी था जो सुने बगैर नकुल का मर जाना हमलावर को मंज़ूर नहीं था। इसीलिए सर पर भी इतनी बारीकी से हमला किया गया था कि नकुल बस बेहोश हो जाए और हमलावर को उसे क़ाबू करने का मौका मिल जाए। नकुल बहरहाल हमलावर के क़ाबू में था और हमलावर बन्दूक के कुंदे की ठक-ठक के साथ उसके होश में आने का इन्तज़ार कर रहा था। जब थोड़ी देर तक नकुल की बेहोशी नहीं टूटी तो हमलावर का धैर्य जवाब दे गया। उसने सामने रखे घड़े में से पानी निकाल कर बेहोश नकुल के सर पर उड़ेल दिया।

पानी के कारण जब नकुल को होश आया तो उसने महसूस किया कि उसका शरीर कुर्सी से बंधा है। उसके ठीक सामने बूढ़े का लहूलुहान मुर्दा जिस्म पड़ा था जिसका ख़ून रिसते हुए नकुल के पाँव तक आ पहुँचा था।

और उसे ठीक पीछे ज़मीन पर ही सुमनलता बैठी हुई थी। उसके चेहरे पर ज़हर बुझी मुस्कुराहट थी। साथ ही हाथ में सर्विस रिवॉल्वर थी जिसकी चोट से उसने नकुल को बेहोश किया था। उसने अपनी आवाज़ में बेचारगी लाते हुए कहा-

"ख़ुद तो मर ही रहे थे सर! हमें तो जीने देते! सारे किए कराए पर पानी फेर दिया आपने।"

"तो सुमनलता तुम थीं इन सब के पीछे?"

सुमनलता ने एडियों से बूढ़े के चेहरे को एक ओर करते हुए कहा,

“पीछे नहीं सर, मैं ही थी। मुझसे ही यह कहानी थी और मुझसे ही इस कहानी का अंत होना था। इसलिए क्या आगे क्या पीछे। मैं ही थी बस।”

विद्या के बूढ़े बाप की खून से सनी लाश देखकर नकुल ने पूछा-

“इसे क्यों मार दिया तुमने! इसकी क्या गलती थी? "

"इसकी! इस बूढ़े की गलती !! सारे फ़साद की जड़ यही हराम का जना तो था। मुझसे तो देरी हो गयी। सबसे पहले तो इसे ही मारना था लेकिन कोई बात नहीं। आज ही सही।" कहते हुए सुमनलता के चेहरे की नसें तन गयीं।

"बाँध तो दिया ही है, अब समझा भी दो।!" नकुल ने हँसते हुए बेचारगी से कहा।

"समझाती हूँ! समझाने ही तो आयी हूँ। जब आप इससे बात कर रहे थे तो मैं सुन रही थी। जो बताते हुए इस बूढ़े को मौत आ रही थी, वह मैं बताती हूँ। यह बूढ़ा अपनी बेटी की प्रेम कहानी नहीं बता पा रहा था।”

सुमनलता अभी आगे कुछ कहती उससे पहले ही नकुल से रहा नहीं गया और उसने अपना अंदेशा ज़ाहिर करते हुए कहा -

“फ़ॉर गॉड सेक अब यह मत कह देना कि विद्या और तुम एक-दूसरे से प्यार करते थे।"

"क्यों! कर नहीं सकते? अपराध है? आपलोग संबंधों के नाम पर बलात्कार तक कर दें; लेकिन हम प्यार भी नहीं कर सकते? हाँ! ठीक कहा आपने। मैं और विद्या एक दूसरे को प्यार करते थे और तब से करते थे जब से प्यार शब्द के मानी भी नहीं पता थे। तब तो बस साथ बैठना, मछली पकड़ना, लुका-छिपी खेलना और एक ही बेंच पर बैठना ही अच्छा लगता था। यह तो बहुत बाद में एहसास हुआ कि हम दोनों एक दूरे को ...कहते हुए सुमनलता का गला भर आया। उसने गले में आ गयी शै गले के भीतर ही जज़्ब कर ली और फिर बोली-

"और यही बात इस पूरे गाँव को, और इस बूढ़े को मंजूर नहीं थी। मुझे बताइए क्या यही एक सोच, यही एक कारण इस बूढ़े को और फिर आपको भी मार देने के लिए काफी नहीं है?"

"किसी की हत्या का कोई कारण काफी नहीं हो सकता।"

"फिर वही किताबी बातें! सर ये अलग बात कि आप एक परीक्षा पास कर मेरे सीनियर हो गए। किताबें आपसे ज़्यादा मैंने पढ़ी है। मगर उसका भी क्या फ़ायदा! इंस्पेक्टर तो आप ही बने। हम तो हवलदार के हवलदार ही रहे। वही औरत कमज़ोर, आदमी मजबूत। वही अगड़ा-पिछड़ा। हम लोग तो जंगली ठहरे न आप जैसे विकसित तबके वालों के लिए!" सुमनलता ने तंज़िया ही कहा।

"तो तुम्हें इस बात का गुस्सा था?"

"नहीं साहब! तब तक तो मैं दुनियावी धोखों से ऊपर उठ गयी थी। यह ऑफिस वाली पोलिटिक्स मुझे परेशान नहीं करती। परेशान बचपन की ज़िल्लतें करती हैं। सोने नहीं देतीं। बचपन से इतने तिरस्कार, इतनी उपेक्षाएँ और इतने तंज़ सहे कि अब यह प्रमोशन जैसी छोटी बातें सचमुच छोटी ही लगती हैं।"

"कैसा तंज़!"

"लड़की होकर लड़का होने का तंज़। कद काठी से मज़बूत होने का तंज़। तेज़ दौड़ने का तंज। मर्दाना आवाज़ का तंज। कौन-कौन से तंज़ गिनाऊँ आपको। एक पल को लगभग चीख ही पड़ी सुमनलता। आँसू अबकी उससे संभाले नहीं संभले और आँखों की कटोरियों से बाहर छलक आये। उसने कोहनी से अपने आंसू पोंछे और फिर बोली –

बचपन में ही मुझे लगने लगा था कि मैं आम लड़की नहीं हूँ। मैं दौड़ती तो लड़के पीछे छूट जाते। किसी लड़की को मार देती तो उसे बुखार आ जाता। एक दफा स्कूल में ही दौड़ में लड़कों को हरा दिया। बस यही तो ग़लती कर दी"

कैसी ग़लती?

लडकों को हराने की ग़लती। आप लोगों को लड़कियों से हारने की आदत नहीं है न सर। फ़ौरन ही दिल पर चोट लग जाती है। लड़के हार गए बस फिर क्या था। लड़के तो लड़के, स्कूल के मास्टरों ने भी मुझे लड़का कहना शुरू कर दिया। हाथ लड़के जैसे, बोली लड़के जैसी, बाल लड़के जैसे, पहनावा चाल-ढाल लड़के जैसा, और तो और आपलोग सीना देखकर उसपर भी तंज़ कर जाते कि लड़की का सीना भी लड़कों जैसा है। कोई हाथ मिलाता तो कहता बिलकुल लड़कों जैसे हाथ हैं। दौड़ में अव्वल आती तो टीचर कहते, बिलकुल लड़कों जैसा दौड़ी है। कभी टी शर्ट पहन ली तो घरवालों ने नज़रे तीखी हो जातीं। क्या ये लड़कों की तरह कपड़े डाले हैं लड़कियों के कपड़े पहन! सफाई देते देते थक गयी थी कि मैं जैसी भी हूँ मुझे उसी तरह स्वीकार कीजिये। रहने दीजिये मुझे मेरे हाल पर।"

"तो यह बात मनवाने के लिए तुम क़त्ल करना शुरू कर दोगी?" बातें एक हद तक नकुल पर खुल चुकी थीं अब उसे अपने पीछे बंधे हाथों के गिरह खोलने की कवायद करनी थी। उसने देखा की अगर वह बातों में उलझाकर गिरहें खोलने की कोशिश करेगा तो शायद सफल भी हो जाये। यही सोचकर उसने सुमनलता से निरर्थक सवाल किया। सुमनलता ने ख़ुद को बूढ़े की कनपटी से निकलती खून की धार से बचाते हुए जवाब दिया-

"नहीं साहब! कत्ल तो दूर की बात है। आप हमारे हक़ ही मान लें वही बहुत है। हम तो उसी मे खुश हैं कि हम जैसे हैं हमें वैसा ही रहने दें। हमारी भावनाएँ, हमारे संबंध, हमारे प्रेम को भी अपनी दुनिया मे जगह दे दें। बस इतना ही लेकिन आपको तो हमारे एग्ज़िस्टेंस से ही चिढ़ है। आप हमारा प्यार कहाँ एक्सेप्ट कर पाएँगे? अब देखिए ना, अपने बातों ही बातों में कैसा तंज कसा- अब ये मत कह देना कि तुम विद्या से प्यार करती थी। क्यों हो नहीं सकता मुझे विद्या से प्यार?"

"बिलकुल हो सकता है! देख ही रहा हूँ, उसकी डायरी में तुम्हारी तस्वीर इशारा तो करती ही है।" इतना कहकर नकुल सुमनलता के चेहरे की ओर देखने लगा।

"और यही आप जैसे लोगों की निगाहों में चुभता है। क्या यह इतनी बड़ी बात है जिसे ज़ुबान पर लाते इस बूढ़े को आज भी मौत आ रही थी। बाहर खड़ी तब से सुन रही थी- इज्जत डुबा दी, इज्जत डुबा दी। किसी लड़की से किसी लड़की का प्यार करना इज्जत डुबाना हो जाता है? एक दफा यह नहीं कह पाया कि विद्या किसी लड़की से प्यार करती थी और यह पूरे समाज के लिए कलंक बन गया। मुझे गाँव से निकाल कर शहर भेज दिया गया और..."

क़हते कहते सुमनलता का गला एक दफा फिर भर्रा गया। वह कुछ देर रुकी और फिर बोलना जारी रखा-

"और फिर यह बूढ़ा कलंक की आग में ऐसा झुलसा कि साठ साल के आदमी से अपनी बेटी की शादी के लिए तैयार हो गया। क्या करती वो सोलह साल की लड़की! क्या करती मेरी विद्या जिसे सज़ा सिर्फ इस बात की दी जा रही थी कि उसने एक लड़की से प्यार कर लिया था। इसीलिए, जो पहला आदमी मिला उसके साथ भाग गयी।"

"बलजीत के साथ!"

"हाँ वही! बेगैरत इंसान!"

"वो तो खैर जानता ही हूँ मगर वह अपने बलजीत के साथ खुश तो थी न" पीछे बँधी रस्सी की एक गाँठ नकुल के हाथों में खेल रही थी।

"जो आदमी पैसे के लिए नौकरी के लिए और आराम के लिए अपनी औरत को दूसरों के सामने पेश कर दे उस आदमी के साथ औरत तभी खुश रह सकती है जब वह ख़ुद औरत का गुलाम बन कर रहे।"

"एक बात फिर भी समझ नही आई"

"कहिए, यूँ भी अभी आपको कई बातें समझ नहीं आएँगी।"

"ये तुम्हारा प्यार दुबारा आठ साल बाद क्यों जागा?"

"देखिये, फिर आपका फिर वही तंज़िया लहज़ा! आप लोग सीधे-सीधे सवाल भी नहीं पूछ सकते। फिर भी बताती हूँ। किस्मत ही कहिए कि मैं विद्या से दुबारा मिली। गाँव से निकाले जाने के बाद जीने का कोई मकसद अगर बचा था तो वो पुलिस में सेलेक्शन की ज़िद थी। शारीरिक रूप से मज़बूत थी ही, सो पढ़ाई में ख़ुद को झोंक दिया। मेरी मेहनत रंग लाई और मैं हवलदार की पोजिशन तक पहुँच गयी। मैं काफी खुश थी और पिछला सब भूल कर मैं अपने जीवन में लगी हुई थी कि एक दिन विद्या दिख गयी।"

"कहाँ!"

"यहीं थाने के बाहर। वह अपने पति के खिलाफ रिपोर्ट लिखवाने ही आयी थी, लेकिन हिम्मत नहीं कर पा रही थी। वह उस्मान की दुकान के पास खड़ी थी, जब मैं चाय पीने बाहर निकली। उसने मुझे देखा तो ख़ुद को रोक नहीं पायी। बाद में हम मिलने लगे। पता चला कि उसका पति बत्रा का ड्राइवर हो गया है और उसे आए दिन पीटता भी रहता है।"

"तो इतना सुनकर तुम्हारा पुराना प्रेम जाग गया और तुमने उसकी हत्या कर दी।"

"नहीं, बस इसलिए नहीं। मैंने ख़ुद उसकी दरिंदगी देखी थी। पत्नी को सजा कर मालिक के सामने डालने में उसे कोई दिक्कत नहीं थी बस विद्या के कुछ कहने पर ही वह जानवर हो उठता था। एक दिन जब मैं विद्या के घर पर थी और उसका पति बाहर गया हुआ था वो मेरे आगे टूट गयी। मैंने भी महसूस किया वो अब भी मुझसे ही प्यार करती है। वह मेरी है, सिर्फ मेरी।"

सुमनलता थोड़ा रुकी एक गिलास पानी गटका और बोली-

"विद्या अपनी इस दोहरी ज़िंदगी से तंग आ गयी थी। बलजीत अपनी बीवी को दूसरों के सामने भेजते वक़्त तो दलाल होता था लेकिन घर में आते वक़्त

उसकी मर्दानगी जाग जाती थी। बात बात में मार पीट करता था। एक दफा तो मार कर हाथ तोड़ दिया था उसने।"

"और इसलिए तुमने उसके हाथ काट डाले!" नकुल ने गिरह खोलने की एक असफल कोशिश की।

"नहीं, ऐसा बचकाना और बेवकूफाना काम बच्चे किया करते हैं। जैसा आप अभी बंधे हाथ की गिरह खोलने की कर रहे हैं। छोड़ दीजिये, थोड़ी देर में मैं आपको आज़ाद कर दूँगी।" सुमनलता की चेतावनी से नकुल ने होशियारी छोड़ दी और किसी उत्सुक बच्चे की ही तरह उसकी बात सुनने लगा। सुमनलता ने बैठे बैठे ही बोलना जारी रखा-

दरअसल बलजीत के हाथ में एक 'ओम' का निशान गुदा हुआ था और हिंदुओं में लाश गाड़ी नहीं जाती। अगर उसकी लाश कुछ दिनों बाद मिलती या नहीं मिलती तो यह पता लगाना मुश्किल था कि वह कौन है लेकिन उस जानवर ने सारा काम ख़राब कर दिया।"

"ओम का निशान! इसका मतलब!"

कहते हुए नकुल की आँखें फटी की फटी रह गयीं।

"जी सर! ठीक समझे आप। वह तीन हाथ वाला केस... रेलवे पटरी वाला केस। वह मांस का लोथड़ा उस्मान ही था। वहाँ जो लाश मिली थी या यूँ कहें कि वहाँ जो लाश के नाम पर मलीदा मिला था वह उस्मान का ही था। रात के अंधेरे मे वह कटा हाथ छिटककर जाने कहाँ गिर गया और काफी मशक्कत के बाद भी मैं उसे नहीं ढूँढ पायी। इसलिए छोड़ कर चली आई वर्ना वह हाथ भी जीआरपी को नहीं मिलता।"

"उस्मान तुम्हारा दूसरा कत्ल था?"

"नहीं पहला!"

"मतलब! बलजीत के कत्ल से तुम्हारा कोई वास्ता नहीं? "

"ये मैंने कब कहा! मैंने ये कहा बलजीत का कत्ल मैंने नहीं किया था...। करवाया था। उस्मान से।"

"और उस्मान ही ने गाड़ी गराज में पार्क की थी और उस्मान ही उस रोज सीसीटीवी कैमरे में कैद हुआ था? लेकिन उसने तुम्हारे कहने पर बलजीत का क़त्ल क्यों किया? "

"हाँ वहीं। उस्मान हमारे थाने के बाहर चाय बेचता था। उसके कुछ केस मैंने थाने आने से पहले ही रफ़ा-दफ़ा कर दिये थे। सो एक तरह से वह मेरा पालतू ही था और दूसरे उसकी दूकान उजड़ जाने के बाद उसे पैसे की सख्त ज़रूरत रहती थी। यूँ भी बलजीत को मारकर गाड़ना मेरे बस की बात नहीं थी। उसके लिए कोई ताकतवर आदमी ही चाहिए था। उस्मान मज़बूत कद काठी का आदमी था, इसीलिये मैंने उसका सहारा लिया। उस्मान ने बलजीत को मारकर गाड़ दिया और गाड़ी पूरन के गराज के आगे लगा दी।"

"ब्रावो! तुमने वाकई समझदारी से प्लान किया था लेकिन फिर बला की कार गराज में छोड़ने की क्या ज़रूरत थी।"

"उस्मान को गाड़ी गराज में लगाने की सलाह मैंने ही दी थी। मैंने उसे गराज के पीछे गाड़ी लगाने को कहा था। गराज के पीछे वाले हिस्से में न तो सरकारी और न ही पूरन का प्राइवेट कैमरा लगा था। क्योकि पिछला हिस्सा एनक्रोचमेंट वाले हिस्से में आता है और सरकारी नक्शे में वह खाली मैदान ही है इसलिए वहाँ कोई कैमरा नहीं था। अगर उस्मान वहाँ गाड़ी लगा आता तो गाड़ी आठ दस दिनों तक नहीं मिलती क्योकि पूरन अपने सारे कबाड़ उधर ही डालता था।

लेकिन उस्मान हड़बड़ी में यह भूल गया कि उसे गाड़ी पीछे लगानी थी। वह गाड़ी ठीक गराज के आगे वाली गेट पर लगा आया और इसीलिए कैमरे में उसकी शक्ल आ गयी। मैं जानती थी कि रेलवे पुलिस हमारे अधिकार क्षेत्र में नहीं आती और वह कभी भी अपने केस हमें नही देगी। अव्वल तो वो इसे मर्डर मानेगी ही नहीं और इसे एक्सीडेंट साबित कर दिया जाएगा या

फिर अगर कत्ल भी साबित होता है तो इन्वेस्टीगेशन जीआरपी ही करेगी। इस तरह दोनों क़त्लों की कड़ियाँ ही नहीं जुड़ पाएँगी। इसलिए मैंने पहले बलजीत का कत्ल उस्मान से कराया और फिर रेलवे ट्रैक पर उस्मान की हत्या करके लाश डाल दी ताकि यह महज़ एक दुर्घटना लगे। उस्मान शराबी तो था ही। यूँ तो पोस्टमार्टम में कुछ निकलना ही नहीं था और अगर..अगर कुछ निकलता भी तो यह भी निकलता कि वह शराब के नशे में धुत्त था। इसलिए ट्रैक पार करते वक़्त उसका कट जाना जीआरपी दुर्घटना के खाते में ही डाल देती जो की जीआरपी ने किया भी।" सुमनलता एक के बाद एक परतें खोलती जा रही थी।

"लेकिन यह सब करने की ज़रूरत भी क्या थी। तुम ख़ुद पुलिस में थी, आसानी से विद्या को तलाक़ दिलवा सकती थी और फिर अब तो कानूनन तुम विद्या से शादी या फिर लिव इन, जैसे चाहो वैसे रह सकती थी।"

"आपको अब भी लगता है कि बलजीत का क़त्ल महज बदला लेने के लिए किया गया था। आप बहुत भोले हैं सर!" सुमनलता ने एक खोखली हँसी हँसते हुए कहा।

"भोला तो हूँ! तभी तो मेरे नाक के नीचे मेरी कांस्टेबल यह सब करती रही और मुझे भनक तक नहीं लगी," कहते हुए नकुल भी मुस्कुराया।

"नहीं साहब! आप अच्छे इंसान हैं और यह दुनिया इतनी अच्छी नहीं है। यह बस पैसे की ज़ुबान समझती है। विद्या से दोबारा मिलना और उससे रिलेशन में आना अब कोई सोलह साल वाला प्रेम नहीं था। अब इस प्यार को बनाए रखने के लिए हमें पैसा चाहिए था।"

"और अकूत पैसा था बत्रा के पास!" नकुल ने बीच में टोका।

"बिलकुल सही! आप जानते हैं कि बत्रा क्रिप्टो माइनिंग के धंधे मे हैं?"

"नहीं... "

"बस यहीं आप मात खा गए और बत्रा आपको घुमाता रहा। अगर आप इसी मुद्दे को पकड़ पाते तो आपकी इन्वेस्टिगेशन थोड़ी आसान हो जाती। बत्रा ज्वेलरी सिर्फ हाथी का दाँत है। बत्रा किसी भी तरह के कानूनी पचड़े मे नहीं पड़ना चाहता था क्योंकि उसे पता था कि क्रिप्टो का धंधा मिनट मिनट पर बदलता रहता है। इसके लिए वह कितने भी पैसे खर्च करने को तैयार रहता है। विद्या ने यह बात मुझे बताई थी। मुझे और विद्या को नयी ज़िंदगी शुरू करने के लिए पैसे की ज़रूरत थी और बत्रा के पास बेनामी पैसा था और बत्रा के विद्या से जिस्मानी सम्बन्ध भी थे। इस बात को आसानी से साबित भी किया जा सकता था। कहते कहते सुमनलता की ज़ुबान सूख गयी। उसने पास पड़े घड़े से पानी निकाला और एक ही घूँट में ग्लास खाली करते हुए फिर बोलना शुरू किया।

जब मैंने बत्रा को उसकी और विद्या की एक इंटिमेट विडियो के साथ एक मेल भेजी और पैसों की डिमांड की तो वो फौरन तैयार हो गया। बलजीत की बदकिस्मती और मेरी खुशकिस्मती थी कि बत्रा ने इस काम के लिए ख़ुद न जाकर बलजीत को क्रिप्टो लिंक के साथ भेजा। मेरा काम हो गया। बलजीत भी रास्ते से हटा और फिर मैंने और विद्या ने मिलकर बत्रा को उसकी हत्या में फँसाया। विद्या ने उसके नाम पर रिपोर्ट लिखवाई। सारे सबूत बत्रा के खिलाफ थे या फिर बनाए गए। मैंने भी बार बार यह बताने की कोशिश की कि विद्या अच्छी लड़की नहीं है और उसके संबंध बत्रा से हो सकते हैं। फिर बत्रा का अपने साले जरीवाला से झगड़ा इस सारे मामले को अलग ही मोड़ दे रहा था। दोनों एक दूसरे को फँसाने पर लगे हुए थे। यह हमारे लिए अच्छा था।"

सुमन बोले जा रही थी-

"अपने अनुभव से कह रही हूँ, पुलिसिया महकमे में अपने साये पर भी भरोसा नहीं करना होता, और फिर आप तो अपनी रिपोर्ट अपनी दराज में खुला ही छोड़ जाते थे। जब आप रिपोर्ट फ़ाइल करने गए थे तो मैने आपकी रिपोर्ट पढ़ी थी। बत्रा ने आपको सब कुछ बताया था लेकिन यह बात छुपा गया था

कि उस रोज उसने बलजीत को किस मक़सद से भेजा था। बलजीत दरअसल क्रिप्टो के कुछ लिंक लेकर आया था जो बत्रा ने बतौर फिरौती दिये थे।

"तो वह लिंक कहाँ है?"

"मेरे पास।"

"समझा। इसीलिए तुम पासपोर्ट बनवा रही थी कि यह सब समेट कर देश छोड़ दो।"

"प्लान तो यही था साहब! मगर आपने सब चौपट कर दिया।"

"मगर मैं बीच में कहाँ से आ गया!"

"आप ही तो बीच मे आ गए सर! आप ही तो सारे दही का रायता कर दिया हैं।"

कहते हुए सुमनलता थोड़ी कठोर हुई, रुकी, एक उदास हँसी उसके चेहरे पर उभरी और फिर खो गयी। उसने उसी उदासी में कहना जारी किया –

"आपको याद होगा कि उस रोज जब रसेल का फोन आया तो आप मुझसे ही बात कर रहे थे। रसेल ने बताया कि उसके पास कुछ ज़रूरी जानकारी है। मैं डर गयी। क्योंकि मैं कोई चांस नहीं ले सकती थी। वही एकमात्र आदमी था जिसने उस्मान को उस रात देखा था। आप उसतक पहुँचें इससे पहले मेरा उस तक पहुँचना जरूरी था, इसलिए आपके निकलते ही मैंने बीच में विद्या से आपको फोन करवाया कि उसपर हमला हुआ है। आप रसेल के घर जाने की जगह विद्या के घर की ओर मुड़ गए और मेरा काम आसान हो गया।"

"रसेल को भी तुमने ही मारा था?"

"मारना पड़ा। घर तो मैं उसके शक के बिना पर ही गयी थी। मैं नहीं जानती कि उसे कितना भरोसा था। मगर उसके घर से मुझे अख़बार में छपी उस्मान की तस्वीर मिली थी। इसलिए उसे मारना पड़ा। मैं रसेल के घर गयी और उससे कहा कि मुझे आपने भेजा है। वह क़ौन सी बात है जो वह बताना चाहता है। रसेल चालाक निकला। उसने तसदीक करने के लिए आपको

फोन करना चाहा। मुझे उसे मारना पड़ा।" सुमनलता रुकी और फिर कहना जारी रखा-

"आपने जब मुझे फोन किया कि मैं विद्या के घर पर ही ड्यूटी करूँ तब मैं रसेल के घर पर ही थी और उसे मारकर फारिग ही हुई थी। आपको याद होगा मैंने कहा था कि मैं विद्या के घर पहुँच जाऊँगी।"

"ठीक बात। तुम्हारी हर गोट ठीक जगह पर बैठी लेकिन इस पूरे मामले मैं कहाँ से आया! "

"बहुत बाद में! जब मेरी ड्यूटी विद्या के घर लग गयी तो मेरा काम और आसान हो गया। पैसे मेरे पास थे, मैं केस में कहीं नहीं थी। बत्रा और जरीवाला की ओर केस मुड़ गया था। क्रिप्टो से ढेर सारे पैसे मेरे पास आ गए थे। थोड़ा वक़्त लेकर मुझे नौकरी छोड़ देनी थी और फिर हम दोनों को देश ही छोड़ देना था।"

"मगर फिर!"

"मगर फिर दो गलतियाँ हो गयीं। पहली यह कि बत्रा से मिले क्रिप्टो के पैसे मैं एकाऊँट में नही ले सकती थी। इसलिए उसे क्रिप्टो में ही लगाकर छोड़ दिया और फिर चाइना ने क्रिप्टो बैन कर दिया। इतनी बड़ी इकोनोमी के क्रिप्टो बैन करते ही क्रिप्टो के भाव धड़ाम से गिर गए। घंटे भर में मेरे दो करोड़ रुपये बारह लाख हो गए। मेरा सारा पैसा मेरी आँखों के सामने डूब गया और मैं कुछ नहीं कर पायी।"

"क्योंकि वो पैसा तुम्हारा था ही नहीं।" नकुल ने मज़ाहिया लहजे में कहा।

"मगर विद्या तो मेरी थी न! अगर वह साथ देती तो मैं फिर कुछ सोच लेती। मुझे पैसे का गम न भी होता अगर विद्या का साथ होता। मगर विद्या भी दो तरफा बहकने लगी थी।"

"कैसा बहकाव?"

"विद्या को जब मैंने मार्किट गिरने की वजह से पैसे डूब जाने की बात बताई तो वह आग बबूला हो गयी। उसे क्रिप्टो के बारे में कोई जानकारी नहीं थी। बहुत सीधी है बेचारी। लिहाज़ा उसे यह लगा कि मैं सारे पैसे अकेले हड़प कर जाने के फिराक में हूँ। वक़्त की मार ने उस नासमझ विद्या को पैसों के लिए ललायित औरत में तब्दील कर दिया। फिर भी मैंने उसे दोष नहीं दिया। लगा कि एक बार अगर हम बाहर निकल गए तो सब ठीक हो जाएगा, मगर फिर अचानक ही सब बर्बाद हो गया।" कहते हुए सुमनलता एक बार फिर झल्ला उठी।

थोई देर की मुर्दा ख़ामोशी छाई रही। मगर कहानी अब भी अधूरी ही थी जिसे सुमनलता को ही पूरा करना था इसलिए वह थोड़ी साँस जमाकर बोली- "इंवेस्टिगेशन और बार बार के पुलिस की पूछताछ से भी विद्या टूट गयी थी। लिहाजा एक रात उसने कह दिया कि वह न मेरे साथ आ सकती है न मेरा साथ अब आगे दे सकती है। क्योंकि वह ख़ुद भी इस अपराध में शामिल थी इसलिए वह किसी को कुछ नहीं बताएगी मगर अब मेरे साथ भी नहीं आएगी। उसने अपना पासपोर्ट भी मेरे ही सामने फाड़कर फेंक दिया," कहते हुए सुमनलता ज़मीन पर धप से बैठ गयी। वह थोड़ी देर तक फफक-फफककर रोती रही और फिर आखिरकार बोली-

"सब कुछ सही जगह बैठने के बाद भी आख़िरकार मैं हार गयी। मैं वह न पा सकी जो पाना चाहती थी।"

नकुल को लगा कि उसकी बातें ख़त्म हो गयी हैं और उसे बातों में लगाये रखने के अलावा वक़्त लेने का और कोई चारा नही है। सो उसने फिर बात घुमाकर पूछी-

"तो अब अगला शिकार विद्या?"

"नहीं सर, उसे मार ही पाती तो बात ही क्या थी। प्यार है उससे।"

"तो फिर मैं!"

"नहीं सर! आपको इतनी आसानी से नहीं छोड़ूँगी। आपके कुछ एहसान है। वह चुका कर जाऊँगी। आपने पूछा नहीं कि विद्या का दूसरा बहकाव क्या था जिसने सबकुछ बर्बाद कर दिया।"

"क्या?"

"आप! विद्या का दूसरा बहकाव आप हैं सर! आप हैं जो मेरे और विद्या के बीच आ गए। वह शायद वही मनहूस वाक्य था जिसे मैंने ख़ुद ही लिखा था। न मैं आपको विद्या के घर भेजने का प्लान बनाती और न ही विद्या को इस बात का एहसास होता कि वो अब भी ऐसी लड़की ही है जिसे क़ुर्बत मर्दों की ही चाहिये, मेरी नहीं। वही दिन था जिसने उसके भीतर सबकुछ बदल दिया।" कहते हुए सुमनलता अपनी जगह से उठ खड़ी हुई और नकुल की और बढ़ती हुई बोली-

एक कहानी ख़त्म हुई सर। मगर एक और कहानी यहाँ से शुरू होना चाहती है। कहानी सुनेंगे सर! छोटी-सी ही है।"

"मेरे पास ऑप्शन भी क्या है, सुनाओ।" नकुल ने बेचारगी से ही कहा।

"हाँ सर। आपकी गिरह खोल देती हूँ। बैठे रहिएगा और लेकिन कोई चालाकी न कीजियेग़ा। रिवाल्वर अभी भी मेरे ही हाथ में है।"

सुमनलता ने कहानी सुनानी शुरू कर दी-

"एक इंस्पेक्टर हैं। नाम है नकुल वर्मा। उन्हें ऑपरेशन के लिए पचास लाख रूपए चाहिए जो उन्हें डिपार्टमेन्ट नहीं दे रहा। वह इसके लिए एक मर्डर के आरोपी, राघव बत्रा से घूस लेते हैं। घूस भी क्रिप्टो करेंसी के रूप में एक डॉक्टर को ट्रांसफर होती है। डॉक्टर बेनामी ट्रांज़ैक्शन में पकड़ा जाता है और बताता है कि वह पैसा उसे किसी नकुल वर्मा के इलाज के लिए भेजा गया था। और..."

"एक मिनट... एक मिनट! क्या डॉक्टर गिरफ्तार हो गया है...?" नकुल ने बेचैनी से पूछा और लगभग अपनी कुर्सी से उठ खड़ा हुआ। सुमनलता ने उसे रिवाल्वर के इशारे से बैठाया और फिर बोली-

हाँ इन्स्पेटर साहब, आपके डॉक्टर गिरफ़्तार हो चुके हैं और पुलिस को बयान भी दे चुके है और अब आप मुझे बीच में मत टोकिएगा। कहानी सुनिए... हाँ तो... डॉक्टर बेनामी ट्रांज़ैक्शन में पकड़ा जाता है और बताता है कि वह पैसा उसे किसी नकुल वर्मा के इलाज के लिए भेजा गया था।

इधर इन्स्पेक्टर इंस्पेक्टर नकुल वर्मा जो इस बात से अंजान है कि डॉक्टर पकड़ा गया है वो अपनी एक लेडी कांस्टेबल के साथ विद्या के बूढ़े पिता के घर आया है। वह विद्या के बूढ़े पिता पर विद्या के पति, बलजीत की हत्या का केस बना कर उसे फँसाना चाहता है।"

"क्या बकवास कर रही हो सुमनलता। तुम ऐसा नहीं कर सकती?" नकुल किसी गर्दन कटे मुर्गे की तरह ही फड़फड़ा रहा था।

"आपको अब भी शक है कि मैं ऐसा नहीं कर सकती! मैं क्या नहीं कर सकती इन्स्पेक्टर साहब। खैर आप कहानी का क्लाइमेक्स सुनिए-

इन्स्पेक्टर नकुल अपनी एक लेडी कांस्टेबल के साथ विद्या के बूढ़े पिता के घर आया है। वह विद्या के बूढ़े पिता पर विद्या के पति बलजीत की हत्या का केस बना कर उसे फँसाना चाहता है।

वह उसे ऑनर किलिंग का केस बनाकर उसे मारना चाहता है और इसलिए वह क्राइम सीन यूँ सेट करता है कि लेडी कॉन्स्टेबल ने बूढ़े को पकड़ लिया है और बूढ़ा आदमी भागने के फिराक में है। लेडी कॉन्स्टेबल समझ जाती है कि नकुल बूढ़े का एनकाउंटर करने वाला है। वह इन्स्पेक्टर को ऐसा करने से मना करती है। इसी कशमकश में बूढ़ा, लेडी कॉन्स्टेबल के हाथ से छूट कर भागने की कोशिश करता है और इंस्पेक्टर नकुल उसे गोली मार देते हैं।"

नकुल चीखा-

"क्या फ़िल्मी कहानी बना रही हो। कोई भी इसपर भरोसा नहीं करेगा।"

"करेगा इन्स्पेक्टर साहब अभी क्लाइमेक्स बाक़ी है। सुनिए तो सही। हाँ तो बूढ़े की लाश ज़मीन पर पड़ी है। इन्स्पेक्टर अपनी कांस्टेबल को कहता है कि

वह उसे कुर्सी से बाँध दे लेकिन कांस्टेबल सुमनलता ऐसा करने से इनकार कर देती है और फिर इन्स्पेक्टर नकुल उसे भी गोली...”

“नहीं सुमनलता...! रुको...”

एक आवाज़ आयी और नकुल ने देखा कि सुमन ने ख़ुद को गोली मार ली। सुमनलता का बेजान शरीर जमीन पर गिर गया। नकुल ने यह भी देखा कि उस के हाथ मे बँधी रस्सी की गांठ पूरी तरह से खुल गयी है। गोली भी नकुल की सर्विस रिवॉल्वर से ही चली थी। उसके सामने सिर्फ एक सवाल था कि वो ख़ुद को कैसे बेगुनाह साबित करेगा?

कैसे वह साबित करेगा कि बूढ़े और कॉन्स्टेबल का खून उसने नहीं किया। वह कैसे साबित करेगा कि क्रिप्टो के इस धंधे से उसका कोई लेना-देना नही है। अब अपने इलाज के लिए वह क्या करेगा?

नकुल के कान बजने लगे और इससे पहले वह जो आखिरी आवाज़ सुन पाया, वो पुलिस सायरन की आवाज़ थी।

सवाल, कई अनसुलझे सवाल नकुल के जेहन में तैर रहे थे।